Pascale Leconte

La sirène abyssale

ROMAN

© 2023 Pascale Leconte, Camille Benyamina
Édition : BoD - Books on Demand, info@bod.fr
Impression : BoD - Books on Demand,
In de Tarpen 42, Norderstedt (Allemagne)
Impression à la demande
ISBN : 978-2-3224-8571-0
Dépôt légal : Décembre 2023

Couverture : **Camille Benyamina**

Correction : **Ségolène Tortat**

Ce roman est à lire en écoutant les pianistes Joep Beving, Riopy, Francesco Tristano, Martin Stock et bien d'autres encore.

Un grand merci à Isabelle Giudicelli des Ateliers Persona.

CHAPITRE 1	**Observation.**
CHAPITRE 2	**Possession.**
CHAPITRE 3	**Obsession.**
CHAPITRE 4	**Admiration.**
CHAPITRE 5	**Addiction.**
CHAPITRE 6	**Séparation.**
CHAPITRE 7	**Trahison.**
CHAPITRE 8	**Exhibition.**
CHAPITRE 9	**Stabilisation.**
CHAPITRE 10	**Abandon.**

CHAPITRE 1
Observation.

Les mains de Toulouse plongèrent dans l'eau savonneuse du lavabo en granit.
Ses doigts se perdirent sous la mousse d'un blanc laiteux.
Le jeune homme souffla sur la mèche blonde qui lui tombait devant les yeux puis il remonta les manches de son sweat-shirt à rayures qui lui servait d'uniforme.
Avec précaution, il nettoya un verre en cristal avant de le poser sur l'étendoir de la paillasse.
La vaisselle qui séchait était en porcelaine fine, Toulouse admira cette précieuse batterie puis essuya son verre.
Il le remplit d'un jus de pomme ambré et le but d'un trait.
Jouer du piano durant deux heures sur le ponton ensoleillé d'un yacht lui avait donné soif…
Il se resservit une seconde fois avant de croquer dans la chair sucrée d'un abricot.
Sa pause s'achevait, la famille de Vanves attendait la suite de son spectacle musical.
Toulouse Materla était passionné de peinture et d'art néanmoins il gagnait sa vie comme pianiste pour différents événements festifs ou privés.

Il avait un planning si chargé qu'il était constamment épuisé. Entre les cours au Conservatoire qu'il dispensait aux enfants et ses concerts de piano-bar le vendredi et le samedi soir, il parvenait avec peine à se dégager du temps pour réaliser les œuvres picturales qu'il chérissait tant.

Son dimanche était entièrement consacré au divertissement d'Edgar-Louis de Vanves et ses proches.

Toulouse Materla se prenait souvent à rêver d'être à la place de Charles, le fils de son patron. Lui semblait avoir une vie faite de plaisirs et d'insouciance grâce à l'abondante fortune paternelle. Cela ne manquait d'ailleurs pas de susciter un sentiment de jalousie chez le jeune pianiste qui luttait avec acharnement pour faire de maigres économies…

Tous les dimanches depuis maintenant six mois, Toulouse était réquisitionné sur le luxueux yacht du patron de la société Agropolis. Ce mélomane invétéré habitait en bordure de mer et passait la plupart de ses week-ends à bord de son yacht personnel.

Monsieur de Vanves avait fait installer un piano à queue sur la terrasse arrière de son bateau, car il aimait lézarder au soleil en écoutant les reprises classiques magistralement interprétées par le jeune Toulouse.

Son épouse et ses deux enfants déjà adultes profitaient de ces moments de grâce dès que leurs emplois du temps le leur permettaient.

Aujourd'hui, ils s'étaient réunis afin de gérer les derniers détails concernant l'anniversaire de Mademoiselle Adèle. Leur fille cadette célèbrerait son vingtième printemps le week-end prochain.

Le son ténu d'une clochette retentit dans la cabine du yacht, indiquant que sa musique se faisait attendre.

Toulouse remplit un dernier verre de jus de fruits qu'il déposa sur un plateau d'argent afin de l'emporter avec lui.

Il n'eut aucun mal à se faufiler dans l'escalier étroit qui menait à la terrasse. À force de circuler d'un bout à l'autre du yacht, il en connaissait les moindres recoins par cœur.

Une lumière crue l'aveugla un court instant, il était seize heures, pourtant l'astre solaire semblait encore être à son zénith.

La chaleur qui régnait à l'extérieur plomba l'énergie du jeune homme ; il observa avec envie le verre givré qu'il transportait en équilibre instable sur le plateau.

Le yacht mouillait dans une crique déserte, loin du regard des passants déambulant près du port.

La famille de Vanves s'y était installée en début d'après-midi.

Le cri des mouettes se mêlait subtilement au ressac des vagues. Toulouse respirait le calme et la douceur de vivre.

Encore deux heures de service puis il rejoindrait Sanne, il passerait ensuite la soirée à peindre une nouvelle toile.

Mlle Adèle papotait au téléphone, tranquillement allongée sur son transat. Son corps bronzé n'était couvert que d'un bikini d'un blanc si éclatant qu'il fit plisser les paupières du pianiste.

Cachée derrière ses lunettes de soleil, la jeune fille regarda la haute silhouette de Toulouse s'approcher.

– T'es folle ! s'exclama-t-elle. J'ai déjà dit oui à Max, je peux pas changer d'avis…

Le musicien retroussa ses manches et s'assit devant l'instrument en bois laqué.

– Pourquoi pas, Lisa…, continua-t-elle, en lançant un sourire gourmand au beau pianiste.

Madame de Vanves se limait les ongles, installée, elle aussi, sur un large transat à côté de sa fille.

Excepté l'âge, Mme de Vanves était la copie conforme d'Adèle. Peau excessivement hâlée, maillot blanc immaculé et large chapeau qui protégeait son visage de l'ensoleillement.

Toulouse posa ses doigts sur les touches nacrées et improvisa une ritournelle entêtante.

Dès qu'Adèle eut terminé sa conversation téléphonique, elle rejoignit le musicien et s'accouda au piano.

– Mon cher Toulouse, tu n'es pas censé ignorer que vendredi prochain sera un jour particulier, n'est-ce pas ? murmura-t-elle en se penchant vers lui.

– Nous fêterons vos vingt ans, répondit-il, concentré sur le clavier de son instrument.
– Exactement ! s'enorgueillit-elle.
– Le piano-bar où je travaille habituellement a accepté de me remplacer afin que je puisse vous réserver ma soirée. Je me ferai une joie de venir vous divertir.
– Parfait. À cette occasion, je vous demande de revêtir un costume différent. Votre uniforme habituel est adorable mais il faudrait des habits plus seyants. Possédez-vous déjà un smoking ?
– Oui, il me semble avoir un veston de velours et son pantalon assorti. Par contre, l'ensemble est couleur prune… Peut-être auriez-vous préféré une teinte plus sobre ?
– Non. Ce sera parfait, le noir est d'un barbant !
– J'espère que ton excentricité n'attirera pas trop le regard des jolies invitées, Toulouse ! interrompit soudain une voix masculine.
Charles de Vanves, un jeune homme aux cheveux noirs gominés, venait de les rejoindre sur le ponton.
– Il est des mondes qui ne peuvent se mélanger, rajouta Charles en toisant sa sœur.
– Je serai discret, comme à mon habitude, Monsieur Charles, répondit froidement Toulouse. Je jouerai un répertoire classique durant le repas. Puis je m'éclipserai afin de laisser place à la musique contemporaine de votre playlist.
– Je pourrais te prêter l'un de mes vieux costumes, poursuivit Charles avec mépris. Adèle, puis-je te

rappeler que ton fiancé n'apprécie guère la concurrence…
– Oh, lâche-moi avec Max ! s'énerva-t-elle.
Agacé, Toulouse cessa un instant sa mélodie pour boire une gorgée de jus de pomme.
– Pardonnez-moi, mais je ne parviens pas à jouer correctement si nous parlons, s'excusa Toulouse. Pouvons-nous poursuivre cette discussion lorsque j'aurai terminé ma prestation ?
Les deux de Vanves acquiescèrent puis se dirigèrent vers la domestique qui venait leur proposer des brochettes apéritives.

Penché au-dessus du bastingage, Toulouse regardait l'horizon.
Une brise venant du sud caressait ses cheveux.
Il croqua dans une pomme et la dégusta lentement, ne quittant pas des yeux le paysage qui s'offrait à lui.
Il observait la côte et sa ville qui s'étalait le long du littoral.
Tel un harpon projeté dans l'eau, un goéland plongea à quelques mètres du yacht. Très vite, le volatile remonta à la surface, un poisson frétillant prisonnier de son bec.
Le jeune homme s'étira en respirant l'air salin, le yacht arrivait enfin au port.
– Toulouse ! entendit-il à l'avant du bateau. On a amarré, tu peux descendre !

Ravi, il jeta le reste du fruit par-dessus bord, puis s'en alla.

En un vol plané, le trognon transperça la surface de l'eau et s'enfonça dans la mer.

La pomme aurait pu descendre la dizaine de mètres qui la séparait du fond marin, toutefois une main gélatineuse la recueillit dans sa paume…

Une créature aquatique scrutait le curieux aliment venu du monde d'en haut.

Son corps translucide rappelait celui des méduses, à ceci près qu'il possédait une tête, un tronc et deux bras pourvus de mains. Ni jambes, ni queue de poisson à écailles ne parachevaient cet être hors du commun. Non, le bas du tronc était composé d'une longue nageoire transparente.

Les organes intérieurs de cette sirène étaient recouverts de réseaux de glandes phosphorescentes. Plusieurs flux lumineux parcouraient en permanence ce corps souple qui se mouvait au gré du courant.

En guise de chevelure, l'être marin arborait de fins tentacules violacés ressemblant à celles d'un poulpe.

Ses yeux, quant à eux, étaient constitués de deux grosses billes qu'on aurait crues en verre. Des reflets troubles les traversaient de temps à autre, comme s'il se fut agi d'un clignement de paupière.

– Jette ça, Gliline !

Une voix télépathique résonna dans son crâne.

Une seconde créature rejoignait à la hâte la première, son unique nageoire la propulsant avec force.

L'autre sirène abyssale possédait une teinte verte tirant vers le turquoise par opposition au rose violacé de Gliline.

– Il est formellement interdit de s'approcher ainsi des humains !! se fâcha la sirène aux tons verdâtres. Es-tu encore venue observer ce musicien ?

– Sa musique m'enivre… Les mélodies qu'il parvient à sortir de ce coffre noir sont irrésistibles !

– Qu'importe leurs attraits, nous devons fuir les hommes ! Ils sont bien trop dangereux pour nous.

– S'il te plaît, Ombe, ne dis rien à la communauté…, supplia Gliline.

– Je me tairai mais désormais, reste éloignée de leur monde.

Penaude, Gliline lâcha à regret le trognon de pomme, avant de suivre son amie qui reprit sa nage vers le large.

La sirène jeta un dernier coup d'œil à la coque blanche du yacht puis se résigna à rejoindre l'obscurité glaciale des abysses.

En ouvrant la porte de son appartement, Toulouse trouva sa compagne en train de danser dans le salon.

Un air créole résonnait à travers les murs, incitant le jeune homme à onduler des hanches en embrassant Sanne.

– Je viens de rentrer du travail, expliqua-t-elle entre deux baisers. J'ai fait un détour par l'épicier pour acheter les légumes dont tu avais besoin.
– Merci, ma douce. Ce soir, je te prépare un quinoa au lait de coco et sa salade arc-en-ciel ! Ça te va ?
– Miam !! se délecta Sanne. Une danse et puis je dresse la table. Je crève de faim…
– D'accord, d'autant plus que je compte commencer un nouvel autoportrait après le repas !
– Quelle émotion vas-tu retranscrire cette fois-ci ?
– La peur, annonça Toulouse d'une voix caverneuse. Je ne me suis pas encore attaqué à cette part d'ombre en moi…
– Avec une dominante de vert olive, peut-être ?
– Exactement ! T'es trop forte, ma belle.
Le couple enchaîna avec un tango argentin puis se résolut à rejoindre la cuisine pour concocter le menu coloré.
Tandis que Toulouse éminçait les betteraves crues, Sanne s'exclama :
– J'allais oublier de te dire que nous sommes invités au manoir ce mercredi !
– Cool. Ma mère est-elle passée pour te le dire ?
– Non, elle a juste téléphoné. Comme tu bossais sur le yacht, elle n'a pas osé appeler sur ton portable.
– Je me réjouis de cet après-midi à la campagne ! Ça me ressourcera.
– Peinture à volonté et dégustation seront au programme ! précisa Sanne, enchantée.

– Ah bon ? Ma mère doit préparer un nouveau « Happening gustatif » ?
– Oui, France a besoin qu'on teste ses recettes avant le jour J.

Le jeune homme mit deux tasses de quinoa dans une casserole et en rajouta quatre remplies d'eau froide.

– Heureusement qu'elle ne nous a pas invités la semaine suivante, car vendredi prochain, je suis réquisitionné sur le bateau des de Vanves. Adèle fête son vingtième anniversaire et je suis de service toute la soirée.
– Tu rentreras tard ? demanda Sanne, sans parvenir à dissimuler une pointe d'inquiétude dans la voix.
– Aux premières lueurs du jour, à mon avis. Elle n'a pas invité beaucoup de monde, mais je sais qu'ils comptent danser jusqu'au petit matin.
– Cette Adèle est-elle toujours en train de te dévorer des yeux ?! Te fait-elle encore des propositions ambiguës ?
– Ne t'en fais pas, ma douce, dit tendrement Toulouse. Elle séduit tout ce qui bouge. Moi, pas plus qu'un autre. Je reste imperméable à ses avances.
– Et puis, elle est en couple, non ?
– Fiancée même ! Son pauvre Max va en voir de toutes les couleurs avec cette petite allumeuse…

Le repas se termina alors que le soleil n'était pas encore couché.

Sanne s'allongea dans le canapé, un bouquin entre les mains tandis que Toulouse enfila son bleu de travail maculé de peinture sèche.

Il se planta devant un chevalet recouvert de taches, puis prit, un à un, ses différents tubes pour en extraire un peu de gouache.

Sa palette ainsi constituée, il se recueillit dix minutes devant la reproduction d'un autoportrait de Van Gogh.

Toulouse se laissa pénétrer par la puissance du regard de l'artiste puis trempa son index dans le cyan.

Il fit glisser son doigt bleuté vers le jaune primaire et, soudain, naquit un vert vif…

Le peintre caressa lentement la toile rêche. Le tracé reproduisit les contours du visage que Toulouse observait dans le miroir accroché au mur.

Une odeur de jasmin lui picota les narines ; Sanne venait d'allumer un bâtonnet d'encens.

Le jeune homme fit germer une peur grandissante en lui. Ainsi envahie par cette émotion, l'expression de son visage s'en trouva transformée.

Ses longs cils noirs encadraient des yeux d'un bleu perçant. Ses sourcils sombres se fronçaient malgré lui, donnant un air inquiet aux traits que reflétait sa psyché.

Il calma sa respiration, ralentit son souffle afin d'apaiser l'angoisse qui montait en lui. Il mit un peu de gouache blanche sur son majeur et cette crème lumineuse se mêla au vert pour en adoucir la teinte.

Épuisé, Toulouse dut cesser son activité alors qu'il n'avait posé qu'une fine couche de peinture sur l'ensemble de la toile.
Sanne avait quitté le salon pour terminer sa lecture bien au chaud sous la couette.
Il frotta ses mains pleines de couleurs dans une étoffe humide puis salua Vincent Van Gogh qui ne l'avait pas quitté des yeux, fidèle à son poste.
Toulouse se retira dans la salle de bain et évacua toute la tension accumulée durant ces heures de création sous le jet d'eau tiède.

CHAPITRE 2
Possession.

France accueillit son fils et sa compagne en brandissant un éventail vers le ciel.
Cette chaleur accablante faisait percevoir la moindre brise comme une bénédiction !
La peintre âgée de soixante ans avait noué un foulard orné d'une fleur autour de sa chevelure blanche.
Elle portait un tablier qui protégeait sa robe en dentelle, une joie sans borne émanait d'elle.
– Bonjour Maman, dit Toulouse en l'embrassant.
– Bienvenue, mes chéris !! J'espère que la route ne fut pas trop embouteillée, s'enquit-elle.
– Non, nous sommes partis il y a une heure environ, répondit Sanne.
– Si vous souhaitez rester dormir ce soir, votre chambre est prête. J'ai mis de nouveaux draps et un bouquet de pivoines sur la table de nuit.
– C'est gentil, Maman. Pourquoi pas…
– Super, mon ange ! Pour le goûter, nous allons déguster des coquillages en chocolat et leurs perles de thé matcha saupoudrées de baies roses. Avez-vous faim ?
Les amoureux lui répondirent d'un sourire entendu.
Le manoir où vivait France fut jadis, une somptueuse demeure. Pour autant, il était devenu aujourd'hui plus

que vétuste, vu le manque de moyen pour financer son entretien et sa restauration.

L'immense bâtisse conservait malgré tout un cachet particulier, il constituait le joyau central du parc floral qui l'entourait.

Car France, peintre à ses heures, était d'abord une herboriste chevronnée qui excellait en la préparation et la décoction de tisanes aux vertus médicinales.

Le dernier étage était réservé à son atelier de peinture, des tableaux de diverses tailles s'accumulaient sous la charpente et contre les murs poussiéreux. Des toiles d'araignées semblaient les relier les uns aux autres.

– Aujourd'hui, nous dessinerons dehors ! déclara France, en agitant frénétiquement son éventail. Il fait bien trop chaud pour rester dans le grenier. J'ai installé trois chevalets sous le saule pleureur. On se croirait dans une tente végétale, c'est exquis !

À l'ombre du grand arbre, les trois artistes se concentraient, chacun sur sa toile, un pinceau à la main, excepté Toulouse qui ne peignait qu'avec les doigts.

Sanne tentait de reproduire la pomme qu'elle avait suspendue aux branches du saule.

France barbouillait d'acrylique une toile ronde, tandis que Toulouse frottait sa paume recouverte d'un rouge intense sur un tableau dont la hauteur dépassait deux mètres.

Sa mère s'interrompit pour le contempler à l'œuvre :
– Quelle gravité dans ce pourpre sanguinolent, mon chéri… Cela me laisse une impression dérangeante ! Comme s'il s'agissait d'un mauvais présage.
– Toulouse est justement en train de travailler sur un autoportrait qui reflèterait sa peur, déclara Sanne.
– Intéressant…, conclut France. As-tu peur de quelque chose en particulier, mon fils ?
– J'ai vingt-neuf ans et je n'avais encore jamais abordé cette thématique. Pourtant, elle me semble, à présent, capitale.
– Bientôt trente ans ! soupira sa mère. Et toi aussi, Sanne. N'envisagez-vous pas d'officialiser votre relation ?
La jeune fille éclata de rire avant de répondre.
– Toulouse exècre le mariage ! Je ne vais pas lui imposer ça !
– Pourquoi cette question, Maman ? Alors que tu ne t'es jamais mariée.
– Mariée ou pas, rien n'aurait empêché ton père de fuir le jour de ta naissance, dit-elle sèchement. Mais vous, c'est différent ! Vous êtes amoureux et vous avez de nombreux projets en commun.
– Notamment faire un bébé…, dit timidement Sanne.
– Oui, ma belle, admit-il, le sourire aux lèvres. Je te l'ai promis : nous deviendrons parents à trente ans !
– D'accord, comprit France. Pas de mariage mais des enfants ! Voilà un bon deal, je valide. Encore quelques mois de patience, alors…

– Hem… Enfin, j'aimerais d'abord me faire un nom avec ma peinture, précisa Toulouse. J'apprécie mon travail de pianiste, mais je préfèrerais vivre de ma passion.
– Cela peut prendre des années pour gagner ta vie en tant qu'artiste peintre, rappela France, d'un air triste. Moi-même je n'y suis pas encore parvenue…
– D'ailleurs, je ne comprends pas pourquoi tu n'as jamais voulu montrer tes toiles aux yeux du monde, Maman !
– J'ai essayé, mais les galeries cherchent surtout des artistes prestigieux dont la réputation n'est plus à faire.
Toulouse ferma les yeux avant de plaquer son torse sur la toile pourpre afin de ne faire qu'un avec son œuvre. Il roula sur toute la longueur du tableau. Ses cheveux en bataille prirent une teinte rouge et firent office de pinceaux.
– Moi aussi, finit-il par avouer. Je me suis fait snober par les nombreux galeristes auxquels j'ai montré mon book.

      La ligne d'horizon avait pris une teinte orangée.
Le ciel rougeoyant semblait se fondre dans l'océan.
Le yacht de la famille de Vanves flottait au beau milieu d'une mer d'huile. De nombreuses loupiotes étaient suspendues d'un bout à l'autre du bateau.

Un banquet avait été installé autour duquel se restauraient huit convives. Quelques bougies protégées par leur photophore éclairaient les plats odorants qui garnissaient la table.
Mlle Adèle, parée d'une tiare de saphirs, rayonnait à côté de son fiancé. Trois amis riaient en levant leur flûte de champagne vers le ciel étoilé.
Un peu en retrait, Toulouse exécutait avec brio une fugue de Johann Sebastian Bach.
Le yacht avait quitté le port un peu plus tôt dans l'après-midi. Il voguait, à présent, solitaire au milieu des flots calmes.
Un serveur s'occupait des hôtes, remplissant à volonté les verres et apportant une ribambelle de plats succulents.
Les notes de musique caressaient l'esprit des passagers aussi doucement que la brise marine.
À quelques mètres du yacht, une ondine luminescente se délectait de la mélodie que Toulouse faisait naître sous ses doigts.
Gliline, n'ayant su résister à l'appel mélancolique de cet air sublime, s'approchait de la coque.
L'obscurité la rendant presque invisible, elle atténua la lumière émanant de son corps afin de toucher les parois du bateau.
Le cliquetis des couverts se mêlait au bruit continu des vagues.
Poussée par une inexplicable audace, la sirène abyssale s'agrippa à l'amarre et se hissa jusqu'au bastingage.

À cet endroit, elle pouvait observer, sans être vue, l'humain qui jouait de cet étrange instrument…
Le beau Toulouse, concentré sur sa partition, faisait résonner avec langueur les notes de musique.
Personne ne semblait pourtant lui prêter attention, excepté Gliline.
Les convives discutaient avec passion, dégustant les mets savoureux qui se présentaient à eux.
Gliline scruta le jeune homme assis derrière son piano. Il portait un costume en velours bordeaux par-dessus une chemise de soie bleutée. Une mèche rebelle lui tombait devant les yeux, masquant en partie son regard azuré.
La sirène se rapprocha encore de l'humain, éteignant totalement les lueurs qui miroitaient sous sa peau.
Lorsque le repas s'acheva, le pianiste se leva pour saluer son public.
Il reçut une salve d'applaudissements puis s'assit pour goûter au champagne que le domestique venait de lui apporter.
Gliline, discrète, poursuivait son ardente contemplation.
Mlle Adèle quitta la table pour venir féliciter le musicien.
– Bravo, Toulouse, ce fut magnifique ! Ton répertoire a su combler mes oreilles de mélomane…, lui susurra-t-elle.
– Avec plaisir, Mlle Adèle, dit-il se délectant du champagne glacé.

Adèle de Vanves lui souriait d'un air charmeur quand une silhouette sombre se dressa derrière elle.
– Bonsoir, Monsieur Max, marmonna Toulouse, soudain mal à l'aise. Désirez-vous une dernière mélodie avant mon départ ?
– Aucune ! pesta-t-il, furibond. Arrête ça, Adèle ! J'ai horreur que tu fasses ta crâneuse devant un bellâtre !
Vexée de s'être fait réprimander comme une fillette, la jeune fille se figea et gifla son fiancé.
Max, estomaqué d'avoir reçu un tel affront en public, lui empoigna l'avant-bras.
– Ingrate, tu oses me frapper ?! Ne refais jamais ça, tu m'entends !
L'homme jaloux brandissait son poing fermé à quelques centimètres du visage de sa promise…
Sidérés d'assister à cette violente dispute alors que l'harmonie régnait encore quelques minutes plus tôt, les convives s'étaient tus.
– Calmez-vous, Monsieur Max, intervint Toulouse en tentant de garder son sang-froid. On a dû vous servir trop de champagne, l'alcool vous monte à la tête…
Max tourna lentement la tête vers l'insolent pianiste.
Il lâcha le bras de sa fiancée et dégaina un petit pistolet caché dans l'une des poches de son veston.
Furieux, il pointa l'arme en direction du musicien qui leva les mains en signe de paix.
– On se fait plus discret, maintenant, hein, monsieur le soliste ? Adèle m'appartient et je ne compte la

partager avec personne, surtout pas avec un saltimbanque de ton espèce !

Témoin de la scène, et bien que n'ayant jamais vu d'armes à feu, la sirène pressentit le danger qui menaçait son bien-aimé.

Un sentiment de peur mêlé de colère envahit alors Gliline. Ses yeux globuleux prirent une teinte rougeâtre, en elle, fulminait une puissance obscure.

Sans la moindre hésitation, l'ondine se jeta en arrière et se retrouva au cœur d'un tourbillon dont elle était l'instigatrice.

Craignant, à raison, pour la vie du pianiste, elle décida d'intervenir en utilisant sa maîtrise de l'élément aqueux : une tempête grandissait entre ses paumes !

L'eau qui l'entourait devint aussi rouge que son regard enfiévré. À la surface, la mer s'agitait invariablement sous l'emprise de forces inouïes.

Le yacht se mit à tanguer dangereusement, malmenant les passagers qui étaient à son bord.

Une énorme vague s'écrasa sur le bateau en perdition, inondant tout sur son passage.

Trempée, la table du banquet glissa le long du ponton et percuta la queue du piano.

La plupart des hôtes se mirent à hurler en s'agrippant au bastingage, balayés qu'ils étaient par les mouvements de cette mer en furie. Une frayeur presque palpable se propageait parmi les membres du bateau. Elle grandissait minute après minute jusqu'à les étourdir, les enveloppant d'une peur écrasante.

Dans ce chaos sinistre, le pistolet de Max avait glissé de ses mains. À présent désarmé, le jeune homme se déplaçait à quatre pattes, essayant de rejoindre l'escalier qui menait à l'intérieur du bateau. Les embruns l'aveuglaient de leur piquante salinité.

Un crachin opaque quasi continu lui faisait perdre toute notion de l'espace… Se mordant les lèvres pour se retenir de crier, Max parvenait à peine à respirer dans cet acharnement de déferlantes.

Le ciel se couvrit d'une chape lourde de nuages. La tension extrême fit éclater un orage.

Adèle hurlait d'une voix brisée, les doigts crispés autour du lourd instrument de musique. Les vagues faisaient tinter les notes en un brouhaha cacophonique. Un éclair. Puis un coup de tonnerre vint encore accroître cette disharmonie des éléments.

Toulouse tendait le bras pour éloigner Adèle du piano. Il espérait la guider vers un endroit plus abrité. Sans succès.

Gliline, qui ne voyait pas la scène d'hystérie s'abattant sur le yacht, poursuivait ses mystérieuses incantations afin d'augmenter encore l'intensité de la tempête.

L'eau formait, à présent, une sphère presque incandescente autour de la sirène, gorgeant d'écume les énormes vagues.

Un mur liquide se profila devant le yacht devenu insignifiant dans cette étendue aqueuse.

La vague gigantesque s'abattit sur le bateau ; en l'espace d'un instant, le yacht bascula sur le côté !

Les naufragés se retrouvèrent propulsés dans l'océan en furie…

Charles de Vanves maudissait le sort en se débattant courageusement. Son père, non loin de lui, nageait vers son épouse, mais une lame lui barra le chemin.

Toulouse, voyant sa mort arriver, essayait de rester la tête hors des flots. Une succession de vagues fondit sur lui, l'immergeant dans un bain glacé.

Soudain, le silence l'enveloppa de toutes parts.

Sous l'eau, la tempête était réduite à néant.

Il ouvrit les yeux et reconnut le ponton qui lui sembla être un but à atteindre s'il espérait sauver sa vie.

L'homme voulut nager vers le bastingage toutefois une main lui tenant l'épaule l'en empêcha…

Épouvanté par cet individu qui ne lâchait pas sa prise, Toulouse se retourna et fut pétrifié de terreur.

Pour la première fois, Gliline faisait face à son bien-aimé !

La sirène avait retrouvé sa belle couleur violacée. Elle fixait l'humain de ses yeux translucides.

Toujours immergé, Toulouse manquait d'oxygène, le flot constant des vagues l'empêchant de remonter à la surface.

Afin de venir en aide à son protégé, Gliline fit apparaître une bulle d'oxygène qui gonfla jusqu'à englober les deux êtres.

Dans cette bulle souple, l'homme, en proie à l'asphyxie, tenta machinalement de respirer. À son grand étonnement, un air frais et vivifiant envahit sa gorge puis se propagea dans ses poumons.

Il avait beau être sous l'eau, Toulouse respirait !!
Les mains translucides de Gliline s'approchèrent de l'homme et se posèrent délicatement sur son torse recouvert de soie trempée.
Enfin, elle pouvait le toucher…
Enfin, il la contemplait.
Enfin, il prenait conscience de son existence.
Pouvait-elle caresser ses lèvres entrouvertes ?
Oserait-elle poser sa bouche dans ses cheveux soyeux ?
Accepterait-il qu'elle suive, du bout des doigts, le dessin complexe de son oreille cachée derrière sa chevelure blonde ?
Toulouse ne bougeait pas, il fixait la créature.
Il voyait de la sensualité se dégager de cet être féminin. Il comprenait la douceur du regard translucide. Il lisait l'humanité dans l'expression presque amoureuse que son visage luminescent laissait deviner.
Sa phosphorescence traversée de réseaux scintillants aux couleurs variées était magnifique.
Intimidée, Gliline tenta un sourire. Toulouse l'imita.
Elle enserra ce visage de ses mains gélatineuses et s'approcha encore un peu plus…
L'humain ne broncha pas, il scrutait l'être hybride comme s'il se fut agi d'un ange.
Puis, le corps livide et l'esprit submergé par un torrent d'émotions, Toulouse perdit connaissance.

CHAPITRE 3
Obsession.

« *Anniversaire meurtrier.*

Ce vendredi 13 avril, une tempête aussi soudaine qu'inexplicable a provoqué le naufrage du yacht de la famille de Vanves alors qu'ils fêtaient le vingtième anniversaire de leur fille cadette. L'accident a causé la mort de neuf personnes.
Edgar-Louis de Vanves, son épouse Chantal, leur fille Adèle et son fiancé Max Von Brick sont décédés ce soir-là. Trois de leurs invités, ainsi que deux membres du personnel ont aussi péri en mer.
Seuls Charles — le fils du PDG d'Agropolis — et un jeune pianiste nommé Toulouse Materla ont été miraculeusement épargnés par ce drame.
Aux premières lueurs du jour, leurs corps inanimés, mais sains et saufs, ont été retrouvés sur la plage à deux endroits distincts.
Une cérémonie afin de rendre un dernier hommage aux disparus est prévue ce mercredi en l'église Sainte-Denise. »

Quand Sanne entra dans la chambre numéro trente-trois, elle trouva son compagnon, immobile, assis sur le lit d'hôpital.
Émue jusqu'aux larmes, la jeune femme se jeta dans les bras de Toulouse.
Elle sanglotait en le couvrant de baisers.
Impassible, Toulouse restait figé. Il baissa les yeux vers celle qui embrassait sa joue en la mouillant de ses pleurs.
– Tu es vivant, mon chéri ! pleurait-elle. Quand j'ai appris ce naufrage en écoutant les informations, je me suis évanouie. C'est incroyable que tu sois encore en vie… Un vrai miracle !
Elle s'écarta du jeune homme pour l'observer, afin de s'assurer qu'elle ne rêvait pas et qu'il se trouvait bien là, en chair et en os.
– Tu ne dis rien ? s'étonna-t-elle.
Toulouse la fixait sans réagir.
– Qu'importe ! dit-elle en souriant. La seule chose qui compte est que tu sois en parfaite santé.
Elle se leva pour ouvrir les rideaux qui donnaient sur le jardin de la clinique.
– Il fait trop sombre, ici ! Laissons entrer la lumière du jour.
Curieuse, Sanne marcha d'un bout à l'autre de la pièce, inspectant les meubles métalliques, la télécommande du lit, la petite salle de bain attenante à la chambre.

Finalement, elle reprit sa place à côté de Toulouse et se pencha au-dessus de sa table de chevet.

Sanne tritura la purée insipide dans l'assiette qui gisait sur le plateau.

– Ça n'a pas l'air appétissant… Heureusement, ton hospitalisation se termine demain matin. Les docteurs estiment que tu n'as aucune raison de rester puisque tu es en pleine forme. Ils ont donné leurs autorisations pour ton départ !

Elle se tut un moment, espérant que son compagnon lui répondrait quelque chose, mais Toulouse demeura muet.

– Je… J'ai vu Charles de Vanves à la télévision…, osa-t-elle enfin. Il s'est déjà remis physiquement de cette épreuve. Par contre, le pauvre, il est dévasté ! Toute sa famille… Il a perdu toute sa famille lors de la tempête.

Mal à l'aise, Sanne préféra changer de sujet. D'autant plus que ce qu'elle venait d'expliquer ne semblait pas émouvoir Toulouse.

Il continuait à regarder devant lui, imperturbable.

– Toulouse !! cria soudain une voix féminine.

Sa mère venait d'ouvrir la porte. France se précipita vers son fils et le serra contre son cœur.

– My goodness, tu n'as rien de grave ! psalmodia France.

Tremblante, elle écarta la mèche blonde qui tombait devant les yeux du garçon.

– J'ai cru t'avoir perdu… Ne me refais jamais une frayeur pareille !

– Il n'est pas très bavard, aujourd'hui, intervint Sanne voyant que France s'inquiétait de son manque de réaction.
– Ah oui… Je comprends, s'excusa-t-elle. Eh bien, te voilà prêt à sortir dès demain !
Toulouse venait de fermer les paupières.
Épuisé, il s'allongea entre les deux femmes. Celles-ci le dévisagèrent avec appréhension.
– Souhaites-tu que je sois présente lors de ton départ ? questionna France.
– Non, répondit-il froidement.
– Je viendrai, moi, la rassura Sanne. Nous prendrons le bus soixante, il passe devant l'hôpital et va directement chez nous !
Toulouse se redressa tout à coup et déclara :
– Je ne veux pas aller à l'appartement. Je préfère passer par la plage.
– La… La plage, mon chéri ? s'étonna Sanne.
– J'ai besoin de m'asseoir sur le sable. Je veux revoir la mer.
– Oui, mon trésor, assura France. Il est conseillé d'affronter sans attendre le lieu où s'est déroulé un traumatisme. Tu es courageux, fiston. À ce propos, je connais une psychomagicienne qui pourra t'aider à dépasser ce cap. Elle est spécialisée dans ce genre de problèmes.
– Je n'irai pas consulter ta magicienne, France. Je veux juste voir l'océan.

Surprise d'entendre son fils unique l'appeler par son prénom, France sortit un mouchoir pour essuyer les larmes qui envahissaient ses yeux.
– Laissez-moi, maintenant. J'ai besoin de dormir, je suis fatigué.
Sanne et France se retirèrent sans mot dire, ne reconnaissant en rien l'homme qu'elles avaient aimé avant le naufrage.

Le jour de sa sortie, le soleil brillait dans un ciel exempt de tout nuage.
Sanne avait apporté les habits préférés de son compagnon.
Toulouse les enfila en silence. Il boutonna sa chemise aux tons orangés et attacha les boucles de ses sandales de cuir.
Il quitta l'hôpital sans dire au revoir aux médecins ni aux infirmières qui avaient pris soin de lui.
Silencieuse, Sanne marchait à ses côtés. Elle s'efforçait de sourire mais sentait bien que quelque chose ne tournait pas rond.
Très vite, le couple s'installa à l'arrière du bus.
Toulouse resta de marbre lorsque la jeune fille lui prit la main.
Son regard sondait le paysage qui défilait derrière la vitre.
La plage en vue, il sauta hors de son siège. Sanne dut se hâter pour le rejoindre à l'extérieur.

– Attends-moi ! insista-t-elle alors que le jeune homme avançait vers la mer.

Toulouse ralentit à peine, il ne s'arrêta qu'au moment où ses pieds s'enfoncèrent dans l'eau glacée.

– Tes… Tes sandales sont trempées, Toulouse. Tu aurais dû les enlever.

Elle le prit par la taille et se blottit contre lui, se cachant le visage contre son dos massif.

Toulouse, comme hypnotisé, ne quittait pas l'horizon des yeux.

Sanne parvint tout de même à l'entraîner vers le sable sec, elle l'invita à s'asseoir sur leur serviette.

– Ah, j'oubliais ! s'exclama-t-elle en sortant une boîte en carton de son sac. J'ai un cadeau pour toi, mon chéri. Vu que ton portable a pris l'eau, en voici un neuf.

Elle lui tendit le paquet.

Toulouse le prit machinalement et sortit le téléphone de son emballage.

– Merci, murmura-t-il.

Il alluma l'appareil et fit glisser son index sur l'écran tactile puis, il le rangea dans sa poche.

Au bout de deux heures d'immobilité à fixer l'océan, la jeune femme commença à rechigner.

– N'as-tu pas faim, mon chéri ? Une quiche aux épinards et une salade de fruits nous attendent chez nous. Si j'avais su que tu voulais passer la matinée ici, j'aurais pris de quoi pique-niquer.

– Rentre si tu veux.

Sanne se raidit en entendant cette réponse presque méprisante.
– Bon, d'accord, Toulouse. Je peux tenir encore une heure…
– Je veux rester jusqu'à minuit.
– Quoi ?! s'étonna Sanne. Ne préfères-tu pas le calme de notre appartement ? Par ailleurs, je t'ai acheté un nouveau chevalet ! L'ancien tenait à peine debout.
– Revends-le. Je ne peindrai plus.
– Toulouse !! Tu ne peux pas te faire ça ! Peindre représente toute ta vie ! Et puis, que va en penser Van Gogh ?
– Vincent n'est qu'un portrait sur une toile, ricana Toulouse. Je n'ai plus besoin de maître, je sais où je veux aller.
– De grâce, ne prends aucune décision de la sorte maintenant. Laisse-toi le temps de retrouver un nouvel équilibre. Le choc du naufrage et la perte brutale de la famille de Vanves doivent être bien lourds à porter… Ne hâte pas les choses.
Il ne répondit rien et son attention se focalisa sur le ressac incessant des vagues.

Le voile couleur ébène de la nuit s'étendait au-dessus de la mer. L'astre solaire avait disparu depuis de nombreuses heures, laissant place à la lune argentée.

Toulouse, assis en position de méditation, demeurait impassible. Sanne était toujours à ses côtés.

Grelottant de froid, la jeune fille s'était enroulée dans une serviette de plage.

– Écoute, Toulouse... Tu fais comme tu veux, mais moi, je rentre, dit-elle en se levant.

– D'accord.

Vexée par l'indifférence monstre que lui manifestait son compagnon, elle lui répondit sèchement :

– Je te laisse un jeu de clé. Ça ira pour rentrer seul à l'appart ?

– Oui. Ne t'inquiète pas pour moi.

Sanne déposa un baiser sur les lèvres de Toulouse et quitta la plage, transie de froid.

Il persista dans son immobilité et n'observait rien d'autre que l'étendue d'eau qui ondulait devant lui.

Le silence l'envahissait de toutes parts.

Il devait être une heure du matin, or Toulouse ne se décidait toujours pas à quitter son poste de vigie.

Finalement, une lueur étrange sembla percer l'obscurité sans fond de l'océan.

Encerclé d'écumes caressantes, un halo coloré se mouvait lentement.

La tache lumineuse se faisait de plus en plus visible à la surface. Aux aguets, Toulouse se redressa, aussi surexcité qu'inquiet.

Devant ses yeux incrédules, le visage de la sirène abyssale surgit du liquide salé, à quelques mètres seulement de lui.
Le jeune homme n'osa bouger, craignant que la créature ne s'enfuie.
– Tu voulais me revoir ? dit enfin la sirène, d'une voix rauque.
L'eau lui arrivait à la taille, elle ressemblait à une panthère lascive émergeant des flots.
Fasciné par cet être envoûtant, Toulouse mit un certain temps avant de retrouver la parole.
– Je croyais avoir imaginé notre rencontre…, avoua-t-il.
– Tu n'as pas rêvé. J'existe.
L'homme s'approcha d'elle, ses pieds nus léchés par les vagues.
– On m'appelle Gliline.
– Gliline… Mon nom est Toulouse. Toulouse Materla.
Tandis qu'elle tournait la tête vers l'horizon, se préparant à repartir d'où elle était venue, le jeune homme s'empressa de poursuivre la discussion :
– Merci infiniment de m'avoir sauvé la vie !
Elle quitta l'océan des yeux pour s'incliner vers l'humain qui la dévisageait.
– Puis-je… te toucher ? osa-t-il en tendant son bras vers elle.
Elle acquiesça, posant sa main gélatineuse dans celle faite de chair.

– Tu ne parviens toujours pas à y croire, n'est-ce pas ? sourit-elle.

Les doigts de l'homme s'enfonçaient légèrement dans la paume translucide. Avec précaution, il dirigea l'avant-bras de l'ondine vers son propre visage, afin de mieux analyser le réseau lumineux qui scintillait sous sa peau.

– C'était donc la vérité ! murmura-t-il, le souffle court.

Enivré par cette découverte, Toulouse sortit son nouveau téléphone de sa poche.

– NON !! hurla Gliline en s'écartant de lui comme si elle cherchait à fuir.

L'homme, ne comprenant pas cette soudaine méfiance, lâcha la main de la sirène.

– Surtout pas ça ! continua-t-elle, affolée.

L'ondine recula encore, menaçant de disparaître sous les flots.

– Comment ?! Pas mon téléphone ? demanda-t-il, penaud.

– Oui, jette ce petit boîtier noir sinon je m'en vais ! Mon peuple nous a formellement interdit de nous en approcher.

– D'accord, concéda-t-il en envoyant valser le portable sur le sable. Ainsi, il existe d'autres sirènes ?

– Autant qu'il y a d'humains sur cette planète.

– Wow ! Et vous demeurez cachées… Pourquoi ?

– On doit vous éviter autant que possible car l'on vous a observé. Vous détruisez plus que vous ne

construisez. Vous êtes encore immatures, vous apprenez à votre propre rythme.
– Pourquoi m'avoir sauvé si cela va à l'encontre de vos règles ?
– J'ai désobéi. Tu avais l'air différent de tes confrères.
– Différent ? En quoi ?
– Ta musique. J'aime écouter les mélodies qui jaillissent de tes doigts.
– Ah oui… Le piano.
– Et ta beauté aussi, ajouta-t-elle.
– Donc… Une créature aquatique telle que toi peut être sensible aux charmes de l'apparence humaine ?
– Je ne suis pas comme ceux de ma communauté. Votre monde me fascine, il m'attire depuis toujours sans que je ne comprenne pourquoi. Pourtant, je ne devrais pas être là, avec toi… Il nous est défendu de côtoyer les humains.
– Que risques-tu pour avoir transgressé cela ?
– Ils n'en sauront rien.
– Je l'espère…
– Il n'y a aucun doute, assura-t-elle. Je suis heureuse de t'avoir revu une dernière fois.
– Une dernière fois ?! Pourquoi s'arrêter ? Retrouvons-nous demain !
– Non. Je voulais seulement te confirmer que tu n'avais pas perdu la raison.
– Oh, je t'en prie ! Reviens.
– Le risque serait trop grand… Je ne…
– Reviens me voir, Gliline !

Chamboulée d'entendre cet homme prononcer son prénom avec autant d'insistance, l'ondine s'empêcha de parler, persuadée qu'elle ne trouverait pas la force de refuser.
– Je t'implore de revenir une fois encore ! J'en ai besoin !
– C'est d'accord, s'entendit-elle répondre, malgré elle. Je serai là, à minuit.
– Parfait ! Je te suis tellement reconnaissant, Gliline.
– Voudrais-tu visiter mon monde ? proposa-t-elle, hésitante.
Toulouse n'en croyait pas ses oreilles. Cette proposition au-delà de toute attente le prenait de court.
– Je… Oui ! Avec joie ! finit-il par déclarer.
– Et sans le petit boîtier noir, n'est-ce pas, rappela-t-elle avant de plonger sous la vague.
Enchanté, Toulouse lui sourit d'un air entendu.
Il suivit des yeux sa silhouette rosée jusqu'à ce qu'elle disparaisse, submergée par le tapis d'écumes, puis il se résolut enfin à retourner chez lui.

Toulouse se réveilla, le visage chauffé par les rayons du soleil qui traversaient sa fenêtre.
À côté de lui, la place de Sanne était vide. Un bruit de vaisselle se faisait entendre dans la cuisine de l'appartement.
Le jeune homme blond s'étira en bâillant puis sauta sous la douche.

Séchant vigoureusement ses cheveux à l'aide d'une serviette de bain, Toulouse pénétra dans le salon.
La table était prête, deux assiettes, deux verres et les couverts s'étalaient sur la nappe fleurie.
Sanne arriva de la cuisine, un plat gratiné entre les mains.
– Bonjour, mon amour ! déclara-t-elle en posant le plat brûlant.
– Salut.
Son compagnon se pencha au-dessus du gratin fumant afin d'en respirer le fumet.
– Le repas est prêt ! dit-elle joyeusement. Je n'ai pas attendu que tu nous prépares quelque chose à grignoter, j'avais trop faim…
– Parfait, je n'avais aucune envie de cuisiner.
Il servit sa compagne puis vida la moitié du plat dans sa propre assiette.
– Ça creuse le grand air, on dirait ! s'exclama-t-elle, impressionnée par son énorme appétit.
Toulouse ne trouva pas nécessaire de répondre et commença à manger les pommes de terre finement tranchées.
Le repas se déroula en silence. Pourtant, Sanne espérait obtenir des explications concernant l'attitude de Toulouse.
– À quelle heure es-tu rentré, hier soir ? Je n'ai rien entendu.
– Vers deux heures du matin.
– Ah oui ?! s'étonna-t-elle. Mais… n'as-tu pas eu froid, seul sur cette plage déserte ?

– Si, un peu.
Voyant qu'il ne comptait rien ajouter de plus, la jeune femme préféra changer de sujet :
– Ta mère a appelé. Comme tu ne décrochais pas sur ton portable, elle a tenté sa chance avec le fixe. Je lui ai proposé de réessayer cette après-midi.
Il détourna le regard et s'énerva :
– Ce nouveau chevalet encombre le salon ! On était déjà à l'étroit dans ce minuscule appartement, si on rajoute des choses inutiles, ça va être l'enfer, ici ! Vire-moi ça, s'il te plaît, Sanne. Et par la même occasion, revends aussi l'ancien.
– Je refuse, se fâcha-t-elle. Garde au moins l'un des deux. Tu ne peux pas balayer trente années de travail d'un revers de main !
– Et pourtant oui, tu vois. La peinture n'a aucun futur. Pas plus que le métier d'artiste.
– Mais, enfin…
– Veux-tu que je devienne un vieux fou, misérable et marginal, comme France ?
– Toulouse ! cria-t-elle, choquée. Tu n'as jamais parlé ainsi de ta mère. Que t'arrive-t-il ?
– Je veux plus, beaucoup plus qu'une petite vie tranquille et rangée. Une médiocre existence de saltimbanque ne parviendra pas à me rendre heureux.
– Qu'espères-tu d'autre ? Tu es un artiste dans l'âme, mon chéri ! Tu ne t'es jamais reconnu dans ces gens qui vivent pour gagner et dépenser de l'argent. Toi, tu crées, tu inventes, tu dessines et tu joues

merveilleusement du piano. Pourquoi rejettes-tu celui que tu es vraiment ?
– J'ai failli mourir ! Ce choc m'a mis de nouvelles priorités en tête. Si j'étais mort lors du naufrage, mon passage sur cette terre n'aurait servi à rien ! Insignifiant. Je suis totalement insignifiant, Sanne. Le brave Toulouse, effacé et invisible, a disparu en mer ce soir-là. Tu as devant toi un nouvel homme !
– Je ne suis pas certaine de pouvoir aimer l'être que tu es en train de devenir…
Le téléphone sonna, interrompant soudain leur dispute.
– C'est sans doute ta mère, dit Sanne.
L'homme ne décrocha pas, il restait immobile, indifférent à l'appel qui lui était destiné.
– Tu ne lui réponds pas, Toulouse ?
– En effet.
– Pourquoi ?
– Elle m'agace. Tout m'agace.
– Même moi ? demanda-t-elle tristement.
Au lieu de la rassurer, il demeura silencieux.
La sonnerie persistante du téléphone semblait appesantir l'atmosphère déjà tendue.
– Il s'agit de ta maman, Toulouse. Elle a cru t'avoir perdu. Ne la laisse pas sans nouvelles, c'est odieux…
– Je vais bien. Le danger est passé, maintenant. Et j'ai besoin d'être seul pour réfléchir. Mon existence prend un nouveau tournant, je dois m'y consacrer corps et âme.

– Explique-moi, Toulouse. Quels sont tes projets ? Peut-être pourrais-je t'aider ? À deux, nous…
– Seul l'air marin me sera bénéfique. J'étouffe dans cet immeuble ! Je retourne à la plage. Inutile de m'attendre, je reviendrai une fois la nuit tombée.
Agacé, il se leva, enfila une veste et quitta l'appartement.
Sanne resta pensive tandis que le téléphone s'était enfin tu.

CHAPITRE 4
Admiration.

Le long de la digue, Toulouse s'écarta du chemin pour laisser passer deux adolescents à vélo. Le duo hurlait de rire en tirant un troisième larron sur son skate-board.
Indifférent à l'agitation qui l'entourait, Toulouse marchait d'un pas rapide en direction de la plage.
Il était dix-sept heures, pourtant le sable accueillait encore quantité de vacanciers avides de soleil.
Le jeune homme s'installa en tailleur sur sa serviette et fixa les vagues d'un air absent.
Les heures défilèrent sans qu'il ne s'en aperçoive, méditant en silence, le regard tourné vers l'océan.
Bientôt, les derniers badauds s'éclipsèrent, le laissant seul au beau milieu d'une plage abandonnée.
La lune, bien visible lors de cette nuit sans nuages, vint tenir compagnie au jeune homme concentré.
Alors que le cadran de sa montre affichait minuit, Toulouse se redressa, le buste tendu vers la mer d'un noir d'encre.
Quelques taches lumineuses apparurent à la surface de l'eau… Une silhouette colorée se devinait sous les flots sombres ; Toulouse ne la quitta pas des yeux.
La chevelure violette de Gliline, faite de filaments translucides, émergea devant lui. Le corps ruisselant,

la sirène se faufila jusqu'au sable humide où venait mourir chaque vague.

Euphorique, le visage de l'homme fut éclairé par la lumière scintillante émanant de l'être aquatique.

– Tu es quand même revenue ! s'exclama-t-il. Je craignais que tu ne changes d'avis...

– Une ondine tient ses engagements. Jamais elle ne se dédit.

– Parle-moi des sirènes ! Que savent-elles faire de merveilleux ?

– Bien des choses. L'avenir, par exemple. On connaît le futur avant qu'il ne se produise.

– Ah..., murmura-t-il, mal à l'aise.

– Nous savons aussi nous rendre invisibles.

– Fais voir ! lança-t-il, intrigué.

Lentement, Gliline s'effaça à la vue du jeune homme. Au bout d'une longue minute, elle réapparut, radieuse de l'effet produit sur son bien-aimé.

– À ton tour, proposa-t-elle. Observe donc tes mains.

Un peu réticent, Toulouse contempla ses longs doigts. Ceux-ci perdirent leur opacité pour devenir complètement transparents !

– Co... Comment parviens-tu à..., balbutia-t-il.

– Des siècles de pratique assidue.

– Des siècles ?! Mais... quel âge as-tu ?

– Environ vingt-trois mille deux cents ans.

– Es-tu immortelle ?

– Non, je quitterai ce corps quand j'estimerai avoir terminé ma tâche sur cette planète. Dans tous les cas,

il s'agira d'un choix personnel et pas d'une fatalité extérieure à ma volonté.
– Quelle chance !
– Cette liberté sur mon existence est un cadeau qui comporte de grandes responsabilités.
– Je... Je suis en train de disparaître totalement, s'inquiéta-t-il en découvrant ses jambes devenues inexistantes.
– Tu n'as guère d'autres choix si tu souhaites visiter mon monde. Ainsi, les miens ne remarqueront pas ta présence.
– Comment vais-je respirer ?
Sans répondre, elle défit, un à un, les boutons de la chemise de Toulouse afin de dénuder son torse. Lentement, elle posa ses deux paumes sur ses pectoraux et ferma les yeux comme pour se concentrer.
– Voilà ! dit-elle, satisfaite. Tu possèdes maintenant huit branchies qui te permettront de capter l'oxygène présent dans l'eau !
Incrédule, Toulouse baissa la tête pour vérifier : il découvrit alors quatre fentes très discrètes visibles sous chacune de ses clavicules.
– Je... Je peux respirer comme un poisson ?!
– Oui. L'eau de mer rentrera par ta bouche. Ensuite, son oxygène sera filtré par la membrane qui s'étale sur l'énorme surface des différentes rangées de branchies. Enfin, le liquide sortira par les fentes que tu aperçois sur ta peau. Fonctionnant tel un tunnel, une abondante quantité d'eau peut ainsi s'écouler en

un temps record, t'offrant le peu d'oxygène qu'elle contient.

– Impressionnant !

– C'est facile quand on sait se rendre maître de la matière. D'ailleurs, je rajoute une couche protectrice qui recouvre ta peau afin qu'elle ne se fripe pas avec l'humidité. Cette fine pellicule préservera aussi tes yeux du liquide salé. Elle agira, en outre, comme un bouclier contre la pression qui est écrasante à ce niveau de profondeur. Et pour communiquer, nous emploierons la télépathie.

– La télépathie !! Impossible, je…

– Essaie. Pense à une baleine.

– Une baleine ? répéta-t-il mentalement.

– Parfait. Viens !

Gliline plongea alors sous les flots, invitant l'homme à l'imiter.

Dès qu'il fut immergé, Toulouse expérimenta son nouveau processus respiratoire : ce dernier se révéla être aussi aisé qu'à l'air libre !

Après un moment d'hésitation — la scène de la tempête lui revenant en tête — Toulouse retrouva son calme et entreprit de suivre la sirène.

Il nagea vers les fonds marins, guidé par la clarté lumineuse de son amie.

Ni le froid ni la pression de l'eau ne le dérangeait. Toulouse semblait baigner dans un liquide soyeux, chaud et incroyablement fluide…

Leur descente dura un temps indéfinissable.

Bientôt, les contours d'une cité subaquatique se dessinèrent dans les abysses !

Nichée au creux d'une faille sismique, la ville immergée produisait sa propre lumière. Ressemblant à d'immenses fourmilières, des édifices de coraux étaient percés de trous servant de portes ou de fenêtres. Une clarté rosée vibrait constamment au-dessus de ces hautes tours, telle une aurore boréale.

Gliline prit bien garde de demeurer à distance de la cité ; même invisible, il ne fallait pas que son compagnon se fasse repérer.

La citadelle se vivait en trois dimensions, les êtres qui s'y déplaçaient ne touchaient pas le sol mais nageaient entre deux eaux, à différentes hauteurs.

Ébahi devant tant de beautés, le nageur ralentit les mouvements de ses bras afin de mieux appréhender le décor.

Des points lumineux se déplaçaient entre les habitations, il s'agissait d'ondins et de sirènes. Ces êtres étaient tous similaires à Gliline, excepté leur corpulence ou leur teinte qui possédaient une infinité de variétés.

Les individus de type masculin étaient fins et délicats, tout comme leurs consœurs, à ceci près que leurs torses semblaient plus massifs. Par ailleurs, leurs visages étaient plus anguleux que ceux des ondines.

Quant à leur chevelure, elle était composée de longs filaments scintillants, en revanche, la majeure partie des mâles avait des cheveux tressés et non lâchés.

Gliline gardait un calme déconcertant alors qu'elle était en train de « trahir » sa communauté. Néanmoins, elle demeurait sereine, car elle savait Toulouse digne de confiance.

Des poissons aux formes inconnues se baladaient parmi les individus comme s'il s'agissait d'animaux familiers.

Ils pénétraient les murs des maisons, sans doute y logeaient-ils pour être à l'abri des prédateurs.

Les parois des tourelles semblaient faites d'un mélange de coraux, de coquillages et de pierres naturellement phosphorescentes.

– Je ne veux plus jamais quitter ce monde enchanteur…, pensa Toulouse.

Gliline s'arrêta et se tourna vers lui.

– Pourtant, il le faudra bien, mon doux…

Surpris d'avoir été entendu malgré lui, le jeune homme avoua :

– J'aimerais rester ici, mais je sais pertinemment que c'est impossible.

Gliline évita l'animation citadine pour poursuivre sa route jusqu'à l'entrée d'une grotte située à l'écart de sa communauté.

Un palais de corail recouvert de corallines et de spirographes se détachait du côté gauche de la caverne.

– Nous voici arrivés chez moi…

Toulouse cessa de nager, se délectant de la magnificence de cet édifice tacheté de rouge et de spirales bleutées.

Les murs étaient en outre, lézardés par des algues luminescentes qui donnaient au palais une allure féérique.
Quelques orifices çà et là servaient de fenêtres.
La sirène se faufila dans un trou particulièrement grand.
– Ceci est l'entrée principale, expliqua-t-elle. Mais il y a de nombreuses issues.
Impatient d'en découvrir davantage, Toulouse se glissa dans l'ouverture.
Cette bâtisse organique possédait quantité de pièces différentes. Certaines d'entre elles abritaient des bancs de poissons-néon ou des poulpes aux tentacules munis de ventouses…
Gliline nagea le long d'un couloir et arrêta sa course dans une vaste salle.
Un tapis d'anémones s'étalait sur toute la surface du sol, la sirène s'y lova avec délice, conviant son compagnon à faire de même.
L'homme s'installa au cœur de ce parterre vivant.
Il scrutait avec fascination ce matelas aux filaments dansants au gré du courant.
– Bienvenue chez moi, déclara-t-elle par télépathie.
– Je pensais que les anémones étaient urticantes pour la peau, pourtant celles-ci ne me brûlent pas du tout ! s'étonna-t-il mentalement.
– Tu as raison, c'est le cas en général. Ici, il s'agit d'une exception. Nous vivons en parfaite symbiose.

Quelques poissons-dragons battaient des nageoires autour de la sirène, l'encerclant comme une nuée de moucherons avant de disparaître par la fenêtre.
Les murs étaient décorés avec soin, des conques finement ourlées et des roses de mer nacrées y étaient incrustées. L'on pouvait voir aussi des oursins circulant nonchalamment d'un bout à l'autre de la pièce.
– Je vis à l'écart de mon peuple, car je me suis toujours sentie différente, avoua-t-elle.
Tout en l'observant, Toulouse caressait un rideau d'algues bleutées. La moindre parcelle de cette habitation sous-marine était à couper le souffle. Le jeune homme regardait autour de lui, avide de graver ces images dans sa mémoire.
– Écoute…, murmura-t-elle.
Toulouse se concentra pour décoder les sons qui l'entouraient.
– Au beau milieu de ce silence omniprésent, commença-t-il, je parviens à déceler des bruits étranges, comme des bulles d'air ou des mouvements de queues de poisson.
– Peut-être, soupira la sirène, mais rien ne ressemble à de la musique ! En particulier à la tienne.
Gliline se laissa pousser par les fins tentacules du tapis, celles-ci la menèrent contre le corps de l'homme.
Sentant le contact de sa peau gélatineuse, Toulouse passa un bras au-dessus des épaules phosphorescentes, puis lui prit la main.

– Je jouerai du piano ! promit-il. Juste pour toi… Enfin, si jamais j'arrive à revenir chez moi.
– Comment ça ?
L'homme fit face à la sirène. Il la fixa du regard, presque implorant.
– Ne nous quittons plus, Gliline ! Je refuse de remonter là-haut ! Mon monde me rebute et je suis fasciné par le tien…
– Mais… Toulouse… Tu es un terrien. L'univers aquatique n'est pas fait pour toi !
– Si ! Grâce à tes pouvoirs. Je veux au moins tenter l'expérience.
– Tu ne tiendrais pas une journée, sourit-elle, touchée par l'enthousiasme de son aimé. L'obscurité est omniprésente, ici. Or la lumière du soleil te manquera, car elle est vitale pour ton corps d'homme.
– Je supporterai tout pour vivre dans ton palais de corail ! Auprès de toi, la vie semble si douce : j'ai l'impression de défier l'apesanteur. Même la mort me semble illusoire ! Je suis invulnérable à tes côtés, Gliline. Ne nous quittons plus !
– Tu… Tu veux réellement habiter ici ?!
– Essayons ! Plus rien ne m'attire dans le monde des humains. Ma vie sous le soleil est terminée !

Contre toute attente, Gliline accepta la requête du pianiste.
Elle savait que sa raison était muselée par l'immensité de son amour pour lui. Au fond d'elle-même, elle était persuadée qu'aucun humain ne pourrait supporter de vivre dans cette pénombre subaquatique.
Elle se trompait.
Toulouse vécut trois jours éblouissants, trois jours où il passa des heures à vaquer d'un endroit à l'autre de la faille abyssale, avide de découvrir sa faune et sa flore bioluminescente.
Durant tout ce temps, il demeura invisible aux yeux du peuple d'ondins, Gliline étant la seule à pouvoir le voir.
Il put côtoyer des ophiures des sables, il échappa de justesse aux mâchoires végétales des actinies gobeuses de planctons et se frotta le dos à la rugosité d'éponges alvéolées.
Le jeune homme put admirer un banc de haches d'argent semblables à une boule métallique vivante.
Toulouse atteignit même l'état de grâce au moment où il nagea à l'ombre d'une raie géante…
Gliline et Toulouse passèrent de longues heures à somnoler près des cheminées hydrothermales. Créés lorsque deux plaques tectoniques se juxtaposent, ces monticules laissaient échapper de l'eau chauffée par le magma issu du centre de la Terre.
Ces endroits où la température était particulièrement élevée permettaient une vie foisonnante ! Ainsi, des

bivalves, des crustacés et même d'énormes poulpes étaient parvenus à se développer là où la pression était écrasante et l'obscurité quasi totale.

Toulouse se nourrit d'algues translucides au goût iodé, de crevettes lumineuses et d'oursins d'un noir velouté. Il se délecta d'araignées de mer à la carapace torsadée et testa même la gelée de cuboméduses alcalines que Gliline lui servit sur un plateau de nacre.

Ses branchies filtraient l'oxygène de l'eau, elles parvenaient en outre à dessaler le liquide marin afin qu'il puisse boire tout son saoul.

Aussi, la magie de Gliline avait réussi l'exploit d'habiter le corps de son invité à supporter la pression constante que l'eau exerçait à cette profondeur.

Fort de son invisibilité, l'homme s'approchait chaque jour un peu plus de la cité abondamment peuplée. Sa curiosité pour ces êtres magnifiques n'avait pas de limites.

Alors que le couple se prélassait sur le tapis d'anémones dans leur chambre nuptiale, Ombe fit irruption dans leur parenthèse enchantée.

Toulouse eut juste le temps de se cacher dans une cavité de la pièce, avant que la sirène aux teintes vertes ne se jette sur Gliline.

– Es-tu au courant ?! demanda Ombe, visiblement très angoissée.

– Euh… De quoi ?

– Un humain a été aperçu dans notre cité !!

Gliline se figea de terreur.

– Enfin, plusieurs témoins disent l'avoir pressenti même si personne ne l'a vu concrètement, précisa Ombe.

– Un humain ? À cette profondeur ?! répondit Gliline, feignant l'étonnement.

– La communauté est à sa recherche. Nous fouillons jusqu'au moindre recoin de corail, espérant le dénicher. Si c'est la vérité, on ne peut laisser un homme fuir avec la preuve de notre existence ! S'il possède un de ses appareils qui capturent des images pour les révéler là-haut, nous serions perdus…

– Mais, cet humain, que va-t-on faire de lui, si on le trouve ?

– On l'éliminera.

– Quoi ?! s'exclama Gliline avec un mouvement de recul.

– Nous n'avons pas d'autre choix. Les terriens ne peuvent être au courant de notre civilisation. Tu connais leurs habitudes, ils veulent s'approprier tout ce qui les fascine.

– Ah oui, ce serait un problème, en effet, avoua Gliline à moitié convaincue.

– Un « problème » ? Une catastrophe sans précédent, oui ! Attends… Non ! Tu ne serais pas liée à cette présence humaine, quand même ?

– Pas du tout, Ombe !! Je t'assure que je n'étais au courant de rien ! D'ailleurs, je veux vous aider à le retrouver. Où en sont-ils dans leurs fouilles ?

– Ils scrutent la cavité de la faille médiane, du côté des méduses phalloïdes. J'y vais, moi aussi.
– Très bien, dis-leur que j'arrive dès que j'ai terminé le ramassage d'un stock d'algues aigue-marine, je ne veux pas rater le moment de leur floraison.
– Parfait, Gliline. Ton aide nous sera précieuse, plus nous serons nombreux, plus vite nous pourrons savoir si un humain déambule réellement dans nos eaux !
Le silence qui suivit la visite d'Ombe fut lourd et franchement déprimant.
Toulouse préféra attendre que son amie vienne le sortir de sa cachette, ne voulant prendre aucun risque.
– Je te ramène chez les tiens, déclara-t-elle, tristement. Il existe un chemin qui t'évitera de passer près de notre cité.
– Je refuse de te quitter, Gliline !
– Comment ?! Mais… Tu as entendu ce qu'a dit Ombe ! S'ils te trouvent, et ils te trouveront, ils te tueront !
– La vie là-haut n'a plus de sens pour moi. Je veux vivre et mourir ici, auprès de toi.
L'ondine le dévisagea, profondément émue par ses paroles télépathiques.
– Tu vivras. Je te raccompagne chez toi.
– Non !
Gliline se tut pour réfléchir, quand une idée lui traversa l'esprit :
– J'aimerais te faire un cadeau d'adieu ! Tourne-toi…

Interpellé, Toulouse patienta les yeux fermés tandis qu'elle disparaissait de la pièce pour revenir, l'instant d'après, un coffret en bois entre les mains.
– Patience, dit-elle en ouvrant le vieux coffre.
Décidé à ne pas changer d'avis malgré la surprise qu'elle lui préparait, le jeune homme attendit, le visage soucieux.
– Je suis prête ! déclara-t-elle enfin.
Telle une impératrice sur son trône d'anémones, Gliline avait enfilé une dizaine de bracelets en jade et des colliers de pierres précieuses. Une couronne en or massif était posée sur son crâne luminescent.
Fière de ce spectacle improvisé, elle ondula entre les lianes rougeoyantes d'une anémone suspendue au plafond.
Médusé par sa beauté abyssale, Toulouse demeura interdit.
– Aimes-tu ? demanda-t-elle.
– Gliline… Tu es… splendide…, murmura-t-il, enfiévré. Où as-tu trouvé ces bijoux ?
– J'aime farfouiller les épaves de vos navires.
Comme envoûté par sa divine apparence, il s'approcha d'elle lentement.
Toulouse prit la couronne avec précaution et passa la pulpe de son doigt sur le rubis qui l'ornait.
– Ce trésor a dû appartenir à un roi…, conclut-il. Ou alors, elle fut volée par des pirates.
– Elle te plaît ? demanda la sirène en la récupérant. Tiens, je t'en fais cadeau.

Disant ces mots, Gliline posa la couronne sur la tête de son bien-aimé.
– Je… Je ne veux pas remonter à l'air libre…, dit-il déjà moins convaincu qu'auparavant.
– Et si je jure de venir te voir chaque nuit ?
– Toutes les nuits ? Sans aucune exception ? insista-t-il.
– Toutes ! Je t'offrirai un trésor à chacun de nos rendez-vous puisque cela semble te rendre heureux.
Toulouse toucha sa couronne, comme pour s'assurer qu'il ne rêvait pas.
– J'accepte, ma belle… À cette unique condition.
Profondément soulagée, la sirène le serra contre elle.
– Je t'en fais la promesse.

De retour sur la plage, les premiers rayons du soleil donnaient au ciel une teinte rosée.
L'homme, trempé jusqu'aux os, sortit des flots, suivi de son amie.
Posant ses paumes sur son thorax nu, Gliline fit disparaître les branchies de Toulouse.
– Au revoir, mon aimé, dit-elle avec tristesse.
– Jamais je n'oublierai ces sublimes moments passés ensemble, ce fut la meilleure expérience de ma vie !
La couronne royale posée sur sa tête, Toulouse contempla une dernière fois le visage de sa sirène.
– Je t'attendrai ici, à minuit, Gliline. Je viendrai toutes les nuits.
La créature marine acquiesça puis plongea sous la déferlante.

CHAPITRE 5
Addiction.

Sanne était en grande conversation téléphonique lorsque son compagnon sonna à la porte d'entrée.
Dès qu'elle vit la silhouette de Toulouse, elle raccrocha le combiné.
N'osant croire à son retour miraculeux, Sanne se mit à sangloter, cachant son visage de ses mains.
La laissant retrouver son calme sans intervenir, Toulouse se tut.
Avant de rentrer chez lui, le jeune homme avait bien pris soin de cacher sa couronne dans un placard du couloir.
– Où étais-tu pendant ces trois jours, Toulouse ?! parvint-elle enfin à articuler. J'étais morte d'inquiétude…
– J'ignore ce qui m'est arrivé. J'ignore même que trois jours se sont écoulés. Je me suis baigné en pleine nuit dans la mer, puis c'est le néant. Je n'ai aucun souvenir.
Sanne le dévisageait d'un air abasourdi. Serait-ce là l'unique explication qu'elle recevrait pour justifier de sa disparition ?
– Oh… Tu es trempé ! réalisa-t-elle, soudain. Es-tu resté à la plage pendant trois jours et trois nuits ?

– Sans doute. Je ne sais pas.
– Mais j'y suis allée et France aussi… On s'y rendait chaque jour, espérant te retrouver. On a même prévenu la police.
– La police !! Enfin, Sanne ! Je suis un adulte ! Pourquoi t'es-tu affolée de la sorte ? N'ai-je pas le droit de m'absenter quelques jours pour rompre la monotonie du quotidien ? Suis-je donc constamment surveillé par ma mère et ma copine ?!
Scandalisée par cette réaction qui lui semblait incompréhensible, Sanne lui tendit le combiné du téléphone :
– Appelle ta mère. Elle se fait un sang d'encre.
– Je n'ai pas le temps, rétorqua-t-il en se dirigeant vers la cuisine.
Il se pencha au-dessus de la corbeille de fruits pour choisir une belle pomme rouge.
– Dans ce cas, je vais l'appeler moi-même, broncha Sanne.
– Fais comme tu veux, cela m'est égal. J'ai un autre programme pour la journée. Je me change et je repars.
– Déjà ?! Où vas-tu ?
– À la plage.
– Encore la plage ! s'exclama-t-elle, abasourdie. Oublie la mer, Toulouse ! Cet océan est en train de te rendre fou, il a même failli te tuer !! Éloigne-toi de lui… Ton cœur semble se remplir d'un élément aqueux qui n'a rien à y faire. Ce sont des hommes dont tu devrais te rapprocher…

La jeune femme le regarda se déshabiller et enfiler des vêtements secs d'un air indifférent.
– La mer me ressource. J'ai besoin d'y retourner pour dépasser le traumatisme du naufrage, répondit-il, agacé.
– Eh bien, trouve un nouveau job ! Le Conservatoire et le piano-bar t'ont déjà remplacé. Tu pourras te « ressourcer » en jouant du piano sur le pont d'un yacht !
Toulouse lui jeta un regard noir.
– J'ai frôlé la mort, Sanne. Un événement pareil change le cours d'une vie, non ?
Mais il ne lui laissa pas le temps de poursuivre la discussion :
– J'y vais.
– Tu oublies ton téléphone…, bougonna-t-elle en lui tendant son portable.
– Garde-le, je n'en ai aucune utilité. J'ai besoin d'être seul, complètement seul. Ciao.

Toulouse marchait sur la digue, il venait de descendre du bus qui l'avait conduit jusqu'au littoral. Quelques passants longeaient la mer, profitant du calme qui régnait à la tombée de la nuit.
Le jeune homme se dirigea vers l'escalier qui descendait sur la plage.
À peine avait-il dévalé les marches qu'un vélo s'arrêta non loin de lui.

La cycliste coiffée d'un chignon blanc piqué de pivoines sauta sur le trottoir et abandonna sa bicyclette sur la barrière métallique.
– Toulouse !!! hurla-t-elle en direction de son fils.
Surpris, il sursauta puis se tourna vers la voix maternelle qui l'appelait.
– Sanne m'a dit que je te trouverais ici, expliqua-t-elle, essoufflée.
– Que veux-tu, France ?
– Tu… Tu ne m'appelles plus « Maman » ?
– J'ai grandi.
– Même un vieillard possède une mère, Toulouse.
– Je n'ai plus envie que tu joues ce rôle envers moi, alors continuer à t'appeler « Maman » n'aurait aucun sens.
– Que fais-tu sur cette plage déserte ? Quel fantôme viens-tu y retrouver ?
– Cela ne te regarde pas. Laisse-moi.
La femme sentit des larmes envahir ses yeux. Son fils avait-il réellement survécu au naufrage ? Il lui semblait, à présent, qu'elle le perdait une nouvelle fois.
– Toulouse… Mon petit ange…, murmura-t-elle en s'approchant de lui pour caresser sa joue. Que t'arrive-t-il ? Depuis cette maudite tempête, tu es en train de détruire la vie merveilleuse que tu avais si patiemment construite.
– Une vie merveilleuse ? ironisa-t-il. Il t'en faut peu pour être satisfaite. J'enchaînais des boulots minables me permettant à peine de payer mon loyer. Une

copine qui ne peut vivre sans ma présence à ses côtés, un appartement minuscule dans un quartier délabré, une voiture d'occasion toute rouillée. Dois-je poursuivre ?
– Tu étais heureux, Toulouse ! Je le sais, cela se voyait. Tu aimais te perdre dans la nature entourant mon manoir. Tu adorais passer du temps à peindre ou à lire. Ton travail de pianiste te plaisait aussi. Ta voiture roule très bien et ton appart aurait juste besoin d'être un peu rafraîchi. Puis Sanne... Tu l'aimes, non ?
– Je n'étais pas heureux. Je croyais l'être.
– Eh bien, le bonheur n'est rien d'autre, mon chéri ! Si tu te crois heureux, alors tu l'es. Le bien-être vient de l'intérieur, tu es l'unique responsable de ton bonheur. L'extérieur n'est qu'un miroir qui reflète ton équilibre intérieur.
– Voilà précisément pourquoi je ne veux plus te voir, France. Tu racontes n'importe quoi ! Tu es une marginale qui peint sans jamais montrer ses toiles aux yeux du monde ! Tu n'oses pas, tu es terrorisée à l'idée d'être critiquée, tu es lâche. Va-t'en.
– Mais... Je peins pour moi-même, cela me fait plaisir. Puis, la majorité des galeries sont corrompues, elles sont les sous-fifres des banquiers et de l'État. Seuls les artistes qui ont une démarche élitiste et autocentrée y seront exposés.
– Voilà, tu recommences avec ta vision pessimiste de la société. Tu l'aimes ton rôle de victime, n'est-ce

pas ? Moi, j'ai de l'ambition ! Je veux aller plus loin que les autres. Je vise la Lune, moi !
– Ah oui ? Et quels sont tes projets ? Puis-je en être informée ? Est-ce en passant tes journées à méditer sur cette plage que tu comptes changer le monde, mon chéri ?
– Tu verras, France. Un jour, je deviendrai richissime. Bientôt, j'engagerai mes propres domestiques pour me servir sur mon yacht !
– Non ?! Est-ce cela ta vision d'une vie réussie ? Te fondre dans cette société de consommation à outrance ? Dépenser sans compter ? Donner l'illusion que vivre dans l'abondance est la clé du bonheur ?
– Parfaitement, oui. Voilà mon choix. Voilà mon futur. Et s'il ne te plaît pas, je n'en ai rien à faire. Dorénavant, je ferai ce que je voudrai, France.
– Moi qui croyais t'avoir appris les valeurs essentielles… Moi qui pensais t'avoir transmis l'amour des autres, de la nature et de soi-même. Je me suis donc plantée, Toulouse. Tu es devenu un être égoïste et matérialiste, comme ton père ! Un être qui écoute sa peur et non sa joie. En effet, peut-être n'avons-nous plus rien à partager ensemble. Comme je le regrette, mon fils. Mais s'il s'agit là de ta décision, je la respecterai. Ainsi, mon rôle de guide s'achève ici. J'espère que le destin ne sera pas trop dur avec toi, que tu parviendras à comprendre où est la voie de l'équilibre et du bien-être, sans passer par de trop grandes souffrances. Bonne chance, mon chéri. Sache, en tout cas, que mon amour pour toi

demeure inchangé. Je t'aimerai toujours, peu importe qui tu décides de devenir. Et je t'aime tellement que je te laisse entièrement maître de ta vie. Je n'interférerai plus dans ton quotidien ni dans tes choix. C'est vrai, Toulouse, tu es un homme, maintenant. Je t'aime mais… Au revoir.
France essuya ses larmes d'un revers de manche puis embrassa tendrement son fils.
Elle toucha une dernière fois sa blonde chevelure puis s'en alla.
Le crissement des roues de son vélo se fit entendre lorsqu'elle tourna au bout de la digue.
Toulouse se retrouva seul sur le sable d'un bleu irradiant les rayons lunaires.
Les étoiles semblaient clignoter dans ce magnifique firmament.
L'homme quitta la route du regard et s'assit en tailleur face à la mer.

    Vers minuit, une tache phosphorescente se fit voir à la surface de l'eau.
Toulouse, contenant mal son impatience, se leva pour rejoindre la sirène.
Gliline sortit la tête d'une vague naissante et se laissa emporter jusqu'à la plage.
Elle portait un magnifique collier de saphirs dont le pendentif représentait un chevalier sur son destrier.
– Te voilà enfin… Belle comme le vent…, murmura-t-il, troublé.

– Je t'ai apporté un cadeau, s'exclama-t-elle en baissant sa tête pour ôter le collier.

Gliline passa la parure autour du cou de son bien-aimé puis lui montra le visage du chevalier.

– Il te ressemble, dit-elle. J'espère que ce bijou te fera penser à moi….

– Tu hantes déjà mon esprit, intrigante ondine.

– Ne travailleras-tu plus sur un bateau ? demanda-t-elle, presque déçue. Ta musique me manque.

– Non. Depuis le naufrage, personne ne veut m'engager. Charles de Vanves, l'autre rescapé du yacht, a lancé la rumeur que je porte malheur.

– Je suis navrée de l'apprendre.

– Pardonne-moi mais je ne pourrai pas rester longtemps, ma belle. Sanne insiste pour me garder à la maison.

– Sanne ? Qui est-ce ?

Mal à l'aise, Toulouse se tut, comme s'il réalisait qu'il avait parlé trop vite.

– Elle… Je… Elle habite avec moi.

Confus, il ne s'attarda pas sur sa réponse, préférant changer de sujet :

– Comment les êtres de la mer aiment-ils ? Formez-vous des couples, des familles ?

– Nous sommes tous UN. Tous liés. Liés aux ondins, aux animaux marins, aux végétaux, liés à l'eau. Le couple est une illusion réservée au monde des humains.

– Vous êtes UN ?! répéta-t-il en levant les sourcils, perplexe.

– Oui. Voilà encore une vision qui me sépare de mon peuple, car je ne l'entends pas ainsi…
– Je te comprends, admit Toulouse. Quel est votre rôle ici-bas ? Car chacun possède une fonction qui maintient un équilibre parfait dans la nature.
– Nous passons notre vie à lutter contre la transformation, expliqua-t-elle.
– Quelle transformation ?
– La transformation totale et définitive en méduse ! Cette lutte permanente génère une énergie puissante. La force qui s'en dégage est vitale pour l'élément aqueux et le monde aquatique. Nous leur permettons de croître. Moi, plus que tout autre, aspire à demeurer une ondine.
– Crois-tu qu'un jour, les humains vivront en harmonie avec ton peuple ?
– À l'évidence, oui. Même si, pour l'instant, vous êtes en cours d'évolution. Pourtant, la voie que vous réserve l'avenir est merveilleuse ! Dans un futur proche, l'humanité sera la plus belle création de cette planète… À ce moment-là, vous aurez enfin compris que vous n'êtes qu'Amour. Amour pur et absolu ! Ah, j'entrevois la magnificence de votre peuple !
– Manifestement, la route semble encore longue avant d'y arriver, marmonna Toulouse.
– Il vous reste encore quelques leçons de vie à apprendre, en effet.

CHAPITRE 6
Séparation.

– Je n'en peux plus, Toulouse ! hurla Sanne, excédée. Tes sorties nocturnes durent depuis cinq mois ! Et maintenant, tu te mets à la plongée sous-marine ? Ta nouvelle passion empiète sur notre vie quotidienne. On ne fait plus rien ensemble…
Le jeune homme plaçait méticuleusement son matériel de plongée sur la table du salon.
Insensible aux plaintes de sa compagne, il n'avait d'yeux que pour sa combinaison en Néoprène et ses palmes.
– Le jour, tu plonges. Puis tu médites sur la plage jusqu'au milieu de la nuit. Ce naufrage t'a fait perdre la raison ! continua-t-elle, ulcérée de ne provoquer aucune réaction chez son interlocuteur.
Décidée, Sanne se planta derrière lui.
– Je suis enceinte, Toulouse…
Il se figea en entendant ces mots.
– Quoi !! fulmina-t-il, se retournant soudain vers elle. Tu as pris une telle décision sans même m'avoir consulté ?
– On s'était mis d'accord ! Pas de mariage entre nous, mais un enfant pour nos trente ans.
– Enfin, Sanne, rien ne presse !

– J'ai trente ans aujourd'hui, bien que tu sembles l'avoir oublié.
– Un enfant, c'est trop tôt pour moi. Tu ne dois pas le garder. Je m'y oppose catégoriquement.
– Tu… Tu me demandes d'avorter ?! Comment peux-tu exiger cela avec un tel détachement ? Mais qui es-tu devenu ? Te rends-tu compte du lien qui se crée entre l'enfant à naître et la mère qui le porte ? Te rends-tu compte de la blessure en mon sein que je vais devoir panser ? De la culpabilité de ce choix ?! Tu me demandes d'avorter…, répéta-t-elle, incrédule. Comment peut-on exiger cela ? Est-ce un morceau de ta chair qu'on va déchirer ? Est-ce tes entrailles qui seront aspirées, triturées, curetées afin d'en ôter la petite vie qui commençait à y grandir ? N'as-tu donc plus de cœur, Toulouse ? Plus d'amour pour moi, ni pour personne ?
Vaincue, la jeune femme s'effondra en pleurs.
– Je… Excuse-moi, Sanne. En réalité, la responsabilité paternelle me semble trop lourde à assumer. Je ne suis pas de taille à prendre soin d'un être si fragile. Je tiens à peine debout moi-même, alors comment pourrais-je m'occuper d'un enfant ? Je suis vraiment désolé mais je ne veux pas de ce bébé…
– De toute manière, ça n'a plus aucune importance, balbutia-t-elle en reniflant. Notre bébé est mort, Toulouse. J'ai fait une fausse couche.
– Comment ?! Pourquoi m'as-tu caché que tu étais enceinte ?

– Je ne t'ai rien caché, je n'ai plus eu mes règles depuis quatre mois, tu l'aurais su si tu avais éprouvé le besoin de me toucher, de m'enlacer, de partager un moment d'intimité avec moi. Tu aurais dû t'apercevoir de mes fringales ou de mes seins plus gonflés qu'à l'ordinaire ! J'étais effondrée par la perte de notre enfant, pourtant tu ne t'es rendu compte de rien ! Non, ton esprit était ailleurs. Où était-il ? Avec qui ? Je l'ignore et je m'en fous, Toulouse. J'arrête. Notre relation s'achève le jour de mon trentième anniversaire. Je ne veux pas perdre de temps avec quelqu'un qui ne me voit plus. Manifestement, je suis devenue invisible pour toi. Alors, à mon tour de partir, je te quitte !
Sanne se dirigea vers le couloir où l'attendait une valise et un sac à dos rempli d'affaires. Elle avait déjà tout préparé.
– Bye, murmura-t-elle avant de disparaître derrière la porte d'entrée.
Toulouse s'immobilisa, décontenancé.
De longues minutes s'écoulèrent avant qu'il ne réalise vraiment les conséquences de ce départ.
Il avait l'étrange impression d'avoir vécu une scène identique avec sa mère, quelques mois plus tôt. Néanmoins, cette rupture ne l'attristait pas. Il en était même soulagé ; enfin, il pourrait gérer son emploi du temps comme il l'entendrait.
Le jeune homme posa sa main sur son cœur, là, un léger renflement se faisait sentir sous son sweat-shirt : une clé suspendue à une chaînette d'argent.

Il tira la chaîne de sous son habit et, la précieuse clé entre le pouce et l'index, il se dirigea vers la buanderie.
Un grand coffre métallique l'attendait sous une multitude de caisses débordantes d'affaires inutiles.
Le regard brillant, Toulouse fit basculer les boîtes d'un geste sec. La petite clé déverrouilla le couvercle du coffre.
La malle débordait d'or, de pierres précieuses, de couronnes et de bijoux offerts par Gliline…
Il plongea ses mains dans le coffre aux trésors et en ressortit un collier massif.
– Tu seras le premier à voir le jour ! susurra-t-il.
Du bout des doigts, il caressa le pendentif en chevalier qui ornait la parure. Puis, il plaça le bijou dans son sac de sport.
Toulouse referma le verrou du coffre, rangea sa clé contre son torse et rejoignit le salon pour prendre son nécessaire de plongée.

Sous une eau turquoise, Toulouse traversa un banc de poissons à rayures. Grâce à l'élément aqueux, les bonbonnes d'oxygène sur son dos ne faisaient pas leur poids.
Le jeune homme s'aventura seul dans un endroit peu fréquenté par les plongeurs expérimentés.
Depuis les trois jours passés dans la cité subaquatique, il ne ressentait plus aucune crainte liée aux profondeurs marines. En outre, il était persuadé

de pouvoir compter sur l'assistance de Gliline en cas de danger. Même si jusqu'à présent, la sirène ne s'était jamais montrée à lui durant la journée, l'obscurité de la nuit étant nécessaire pour leurs rencontres secrètes.
Toulouse, méconnaissable derrière son masque de plongée, observait les coraux biscornus et les hippocampes qui croisaient son chemin.
Tandis qu'il nageait dans un endroit si reculé que même la lumière du soleil peinait à en éclairer les bas-fonds, le plongeur sortit le collier du sac attaché à sa taille.
Il frotta le bijou dans le sable et la vase. Toulouse noua quelques algues autour de l'objet puis, satisfait, le rangea dans son sac en tissus.
Sans plus attendre, il revint à la surface et nagea jusqu'au lieu où l'attendaient ses vêtements secs.

Le vendeur dévisagea l'inconnu qui venait d'entrer dans sa boutique.
Sans prononcer le moindre mot, Toulouse avait ouvert son sac de sport pour en sortir un objet composé de saphirs et d'or. Le collier ruisselant d'eau salée fut posé sur le comptoir de l'antiquaire.
– Grand dieu !! s'extasia-t-il. Où avez-vous trouvé ça ?
Le jeune homme, les cheveux encore mouillés, lui indiqua d'un mouvement de tête, le tuba et les palmes qui dépassaient de son sac.

– En plongeant ?! s'étonna le marchand, incrédule. Mais où exactement ?
– Près de la Cabestane. Dans un coin réputé dangereux. Même mon professeur de plongée m'avait fortement déconseillé de m'y aventurer.
L'antiquaire prit le collier avec précaution et le scruta à l'aide d'une loupe de joaillier. Ensuite, il le pesa avant de feuilleter une sorte de catalogue avec empressement.
Lorsqu'il referma le livret, il garda le silence.
– Combien pourrais-je en tirer à votre avis ? insista Toulouse.
– Une fortune… Mais, n'avez-vous pas envie de le garder ?
– Le garder ? Pour quoi faire ? Non, je n'en ai aucune utilité.
– À vous de voir. Pour ma part, je trouverai un acheteur sans la moindre difficulté !
– Parfait. Combien m'en offrez-vous ? Je souhaite déménager, j'ai besoin d'argent tout de suite.

Le visage balayé par le vent, Toulouse conduisait sa nouvelle Porsche décapotable.
Derrière ses lunettes de soleil, il se concentrait sur la route qui défilait à vive allure.
Près de lui, une jolie demoiselle monopolisait la conversation.
Tout en énumérant les destinations qu'elle rêvait de découvrir, Anastasia contemplait le profil sérieux du conducteur.
Il portait un bel ensemble grenat taillé sur mesure. Une chevalière en argent surmontée d'une gemme bleue brillait à son majeur. Sa chemise parfaitement repassée était en soie de grande qualité.
L'homme, très élégant, écoutait parler sa conquête d'une oreille distraite.
La voiture de Toulouse entra dans une propriété privée qui bordait le littoral. Il se gara au milieu d'une vaste cour recouverte de gravier. Et, suivi de la jeune femme, il ouvrit la porte d'entrée de sa villa tout récemment acquise.
Après la visite des lieux, Anastasia enfila un bikini afin de sauter dans la piscine du salon. Le bassin était construit à même le sol, en plein milieu de la pièce.
Transats en chêne, chaises au design épuré, tables et fauteuils zen, entouraient la piscine.
– Me rejoins-tu dans l'eau, Toulouse ? Elle est chaude, quel délice !
– Non, j'ai fait de la plongée toute la journée.
– Es-tu encore tombé sur un trésor englouti ?
– Aucun, aujourd'hui.

– Ton habileté à en trouver lors de tes expéditions sous-marines est vraiment incroyable ! Les merveilles que tu as remontées à la surface ont dû nécessiter une fouille minutieuse…
– Et une bonne dose de chance aussi, admit-il.
– Sans doute, oui.
Anastasia fit plusieurs longueurs à la brasse puis, fatiguée, elle s'arrêta pour admirer le toit en vitrail qui surplombait la piscine. Ainsi, l'eau était naturellement chauffée par le rayonnement solaire.
Non loin d'elle, Toulouse buvait un cocktail fruité que sa domestique venait de lui apporter. La servante avait posé un second verre sur la table avant de s'éclipser, sachant pertinemment comment se finirait la soirée.
L'homme observait son invitée tandis qu'elle se déplaçait en silence dans le liquide violacé. Le carrelage aux tons mauves dont étaient tapissées les parois du bassin donnait à l'eau cette couleur inhabituelle.
– J'adore ta baraque ! s'exclama-t-elle. Tu viens d'emménager ?
– Oui. Ma demeure précédente se trouvait dans le quartier du Barillon.
– Oh, j'habite là-bas, moi aussi ! Comment se fait-il que je ne t'aie jamais croisé auparavant ?! Cette ville est minuscule, or un homme tel que toi ne passe vraiment pas inaperçu…
– J'étais différent, avant j'étais pauvre, dit-il d'un ton glacial.

Gênée, Anastasia se demanda s'il était sérieux ou s'il plaisantait.

Finalement, elle préféra éclater de rire afin d'estomper le malaise qui s'installait insidieusement entre eux.

– Ces tableaux de fonds marins sont magnifiques ! s'empressa-t-elle de déclarer.

La jeune fille indiquait du doigt les reproductions photographiques dont la dimension dépassait deux mètres sur deux. Une série de huit œuvres aux teintes bleutées s'étalait sur les murs du salon.

– J'en suis l'auteur, expliqua-t-il. J'emporte toujours un appareil étanche lors de mes plongées afin de photographier ces paysages subaquatiques.

Admirative, Anastasia sortit de la piscine sans même se sécher.

Elle s'installa sur les genoux de l'homme et passa ses bras autour de son cou d'un geste langoureux.

– Ainsi…, soupira-t-elle. Derrière ton apparence de plongeur assidu, tu te révèles aussi être un artiste sensible à la beauté subtile du monde ?

Toulouse, pris de court par cette troublante déclaration, se figea.

– Je resterais bien dormir, susurra-t-elle en embrassant le coin de ses lèvres. Y a-t-il une petite place pour moi, ici ?

– Non. Mes nuits m'appartiennent. Je ne les partage avec personne.

Il se garda bien de mentionner ses rendez-vous nocturnes avec Gliline.

Penaude, la jeune fille balbutia quelques mots d'excuse.
– Néanmoins, la lune n'est pas levée, dit-il, retrouvant son sourire. Je suis encore disponible pour partager un doux moment d'intimité, ma belle…

Toulouse faisait la planche dans l'eau violacée de sa piscine quand la sonnette de sa porte d'entrée retentit. Pourtant il n'attendait personne. Anastasia était partie la veille et elle ne reviendrait plus.
La domestique se dirigea vers le hall pour accueillir le visiteur.
Quelques instants plus tard, elle toqua avant de pénétrer dans le salon.
– Veuillez m'excuser, Monsieur. Le dénommé Jean-François de Vecchi aimerait s'entretenir avec vous. Si vous aviez un instant à lui accorder, il serait enchanté. Cela concerne une proposition de la plus haute importance, paraît-il.
– Fais-le entrer, accepta Toulouse, en sortant de l'eau.
Il venait à peine d'enrouler une serviette autour de sa taille que l'invité se présenta à lui.
– Très cher M. Materla, commença le visiteur, vous me voyez ravi de faire votre connaissance. Je me présente, je suis Jean-François de Vecchi.
– Bonjour, répondit-il simplement. Une coupe de champagne ?
– Volontiers.

Toulouse servit deux coupes du nectar pétillant puis s'assit avec nonchalance dans un large canapé.
– Je vous remercie. Vous savez accueillir vos hôtes comme il se doit, sourit M. de Vecchi d'un air pincé.
– Allons droit au but. Pourquoi êtes-vous ici ?
L'invité vida sa coupe d'un trait, se racla la gorge puis murmura :
– Nous vous avons beaucoup observé ces derniers mois, Monsieur Materla. Et j'ai l'honneur de vous annoncer que vous correspondez à nos critères de sélection.
– Tiens donc, dit-il, pour le moins surpris. Quels sont-ils ?
– Votre richesse, vous êtes multimillionnaire. Votre pugnacité à amasser toujours plus d'argent. On voit là qu'il s'agit de votre priorité et que vous êtes prêt à tout pour que cela ne cesse jamais. Et puis… Vous aimez la gent féminine, n'est-ce pas ?
Il ne lui laissa pas le temps de répondre, le fixant avec intensité.
– Je disais donc que vous aimiez les femmes. Aucune en particulier, mais toutes si possible, à condition qu'elles soient à votre goût.
– Comment savez-vous cela ?! se fâcha-t-il.
– Nous n'avons pas pour habitude de dévoiler nos méthodes de filature, M. Materla. Il y a aussi votre solitude, poursuivit l'invité, vous êtes sans amis, sans famille. D'ailleurs, pourquoi avez-vous rejeté ceux qui vous entouraient avant le naufrage ?

– Je… Je refuse de répondre à cette question indiscrète…
– C'est votre droit. En revanche, il me faudra cette explication si vous souhaitez intégrer notre confrérie.
Toulouse soupira de lassitude puis déclara :
– Après tout, cela m'est bien égal. Je me sentais épié par ma mère et ma copine. Elles voulaient connaître mes moindres faits et gestes, c'en était devenu insupportable.
– Ainsi, vous avez donc quelques secrets à cacher.
– Non ! Hem, pas du tout… Je vous assure.
– Vous n'êtes guère convaincant, M. Materla. Il vous faudra travailler votre naturel lorsque vous mentez sinon nous ne pourrons vous garantir une place au Lord Club.
– Le Lord Club, dites-vous ?
– Sans doute n'avez-vous jamais entendu parler du prestigieux Lord Club ?
– Jamais, non.
– À l'évidence. Il s'agit d'une société secrète. Seuls les hommes dont la fortune dépasse le million peuvent en faire partie. Et j'ai la joie de vous annoncer que vous êtes convié à intégrer ce club très sélect. Aussi, je vous invite à participer à notre prochaine assemblée qui se déroulera vendredi.
– D'accord, mais quels intérêts vais-je y trouver ?
– Vous recevrez l'aide de personnes influentes, un pouvoir accru, du savoir occulte et nous vous réservons des soirées hautes en couleur.
– Y aura-t-il des femmes ?

– Uniquement pour vous distraire et vous éblouir, M. Materla ! Des danseuses, des serveuses, des masseuses et plus si affinités… Toutefois, la confrérie n'accepte que les hommes parmi ses initiés.
Intéressé par cette étonnante invitation, Toulouse ne se fit pas prier, il accepta.
– Dans ce cas, nous vous attendons vendredi prochain. Un chauffeur viendra vous chercher à vingt heures précises, afin de garder le lieu du rendez-vous caché. Vous serez notre invité d'honneur lors de cette soirée. La thématique vous plaira à coup sûr !

La voiture décapotable roulait le long de la côte. Les phares allumés éclairaient la route qui était déserte vu l'heure tardive. La montre de Toulouse indiquait minuit passé de quelques minutes.
Le conducteur se hâtait, il ne voulait manquer son rendez-vous quotidien pour rien au monde.
Enfin arrivé, il se gara près de la digue, éteignit les phares et le moteur, puis descendit les marches qui menaient à la plage.
Bien qu'il ne comptât pas se baigner, Toulouse portait sa combinaison de plongée.
Très vite, le halo lumineux qu'il aimait tant se mit à briller à la surface de la mer.
L'homme s'approcha de l'eau afin d'accueillir Gliline naissante des vagues.
La sirène abyssale apparut sur le sable détrempé, radieuse et lumineuse comme à son habitude.

Elle jouait machinalement avec le sceptre d'un monarque datant d'un siècle passé.
Toulouse lui sourit et, galant, déposa un tendre baiser sur ses doigts mous.
– Merci, ma belle ! déclara-t-il alors qu'elle lui donnait le sceptre d'or. Il est magnifique…
Le plongeur scruta l'objet avec attention, puis il s'exclama :
– Regarde !
Il recula de trois pas afin d'être visible en pied et fit mine de poser tel un play-boy des magazines.
– Voici ma combinaison de plongée, dit-il, l'air joyeux. Je suis devenu un vrai passionné !
– Je la connais par cœur, rit Gliline. Je te suis de près, invisible, à chacune de tes escapades sous-marines.
– Ah oui, l'invisibilité…, se rappela-t-il. Quels autres dons possèdes-tu ?
– Les sirènes maîtrisent les quatre éléments. Par exemple, l'eau, je peux en faire ce que je veux. Transformer cet océan en glace ou en vapeur serait un jeu d'enfant.
– Non ?! Fais-le ! ordonna-t-il en pointant vers elle le sceptre royal.
– Tu plaisantes, Toulouse ? se fâcha-t-elle. Les conséquences seraient effroyables même si ça ne durait qu'une fraction de seconde. Cette démonstration illustre parfaitement la différence entre votre monde et le mien. Nous savons faire des choses, mais nous ne les faisons pas pour autant.

Vexé, Toulouse voulut clore le sujet. Il revint près de la sirène, la mer glacée montant jusqu'à ses chevilles.
– J'ai emménagé dans une nouvelle maison. Viendras-tu la visiter un jour ?
– Je ne…
– J'ai même fait construire une piscine au milieu du salon ! T'y baigneras-tu ?
Gliline répondit par un timide hochement de tête.
– Et grâce à ma terrasse qui donne sur la mer, je n'aurai plus besoin de venir jusqu'ici chaque soir. Nos rendez-vous se dérouleront juste à côté de chez moi !
– Une piscine alors que la mer se jette à tes pieds ?! Est-ce bien utile, Toulouse ? L'eau est pourtant une denrée précieuse.
– Je… Oui… Excuse-moi mais je dois rentrer. Il fait froid et cette combinaison me comprime le thorax… On se voit demain à la même heure ?
– Et pas au même endroit, c'est ça ?
– Oui.
– Je serai là.

Toulouse descendit d'une limousine aux vitres opaques.
Le chauffeur lui tenait la portière en baissant la tête, son regard dissimulé par la visière de sa casquette.
Sous ses pieds, un tapis noir bordé de bougies indiquait le chemin à suivre.

Le jeune homme en costume de velours congédia le chauffeur et se dirigea vers le château.

Le parc qui entourait l'immense bâtisse était parfaitement entretenu. Il y avait des arbres aux troncs bien droits, des allées de gravier, des rosiers taillés et des monticules ornés de fleurs.

La limousine avait roulé plus d'une heure avant d'atteindre le domaine du Lord Club.

Deux vigiles, habillés de sombre, étaient postés devant la porte.

Toulouse leur montra le carton d'invitation que Jean-François de Vecchi lui avait remis la semaine précédente.

Le garde hocha la tête et fit pénétrer l'invité dans le hall.

Un domestique se présenta à lui pour le débarrasser de son manteau.

Le son grave d'un tambour chamanique se faisait entendre à l'autre bout du couloir. Toulouse se laissa guider par ce rythme entêtant.

Un troisième vigile lui barra la route, lui intimant l'ordre de révéler le mot de passe indispensable pour rejoindre les membres du club.

Toulouse murmura alors la phrase que Jean-François lui avait fait apprendre par cœur.

Satisfait, le gardien déverrouilla la serrure et ouvrit en grand la double porte métallique.

Trois pièces en enfilade s'offrirent à la vue du jeune invité. Une lumière à dominante rouge baignait l'endroit où de nombreux hommes élégamment vêtus discutaient, un verre ou un cigare à la main.

Une fontaine dont le bassin était rempli de plantes aquatiques, trônait dans la salle centrale. Le reflet mouvant de cette eau claire illuminait le lustre du plafond. D'autres lampes plus discrètes éclairaient l'endroit de leur douce lumière.

Les seules femmes présentes dans cet étrange tableau possédaient une queue de poisson en latex et des colliers de coquillages !

– Des figurantes déguisées en ondines ?! pensa Toulouse en les scrutant du regard. Elles sont séduisantes mais me semblent dénuées de mystère comparées à Gliline… Aucune humaine ne pourrait rivaliser avec ma sirène, si légère et à jamais insaisissable.

Les jeunes filles papotaient en riant, alanguies sur leurs sofas telles des naïades échouées sur le sable.

– Bienvenue dans votre nouveau cercle d'amis, Monsieur Materla.

Surpris par cette voix qui lui était familière, Toulouse détourna son attention des sirènes.

– Ah… Bonsoir, Jean-François.

– Nos courtisanes ont l'air de vous plaire ! Et comment trouvez-vous la décoration du lieu ?

– J'aime beaucoup, admit Toulouse.

– Nous avons organisé cela en votre honneur.

– Merci. Qu'y a-t-il au programme, ce soir ?

– Le cours va bientôt commencer. Ensuite…

– Un cours ? s'étonna Toulouse.

– Oui, le Grand Lord va nous révéler son savoir sur une thématique qui devrait vous intéresser. Ensuite, nous dégusterons des fruits de mer et autres mignardises. Pour clore cette célébration, nous pourrons choisir parmi ces ravissantes demoiselles celles qui feront notre bonheur !
– Que...
– Oh ! Avais-je omis ce détail, M. Materla ? Oui, nos cérémonies se finissent toujours par une orgie ! Qui donc résisterait à ces créatures lascives ?
Le battement du tambour s'accéléra et tous les invités se rassemblèrent dans la pièce qui comportait une scène voilée par d'épais rideaux rouges.
Lorsque le silence se fit, les tentures s'ouvrirent sur un écran de cinéma.
Le Grand Lord sortit des coulisses pour se placer devant l'auditoire.
– Bonsoir, mes chers confrères. Aujourd'hui, nous allons procéder à la cérémonie d'intronisation de notre nouvelle recrue. Toulouse Materla vient de rejoindre notre prestigieux Lord Club ! Ainsi, pour fêter l'arrivée de ce plongeur de génie, j'ai décidé de lever le mystère autour des créatures aquatiques habituellement dénommées « sirènes ». Veuillez, je vous prie, regarder l'écran qui illustrera mes propos.
Toulouse frissonna, ne comprenant pas ce qui était en train de se dérouler sous ses yeux...
– Oui, les sirènes existent, poursuivit le Grand Lord. Les ondins aussi. Voici des gravures secrètes conservées dans l'abbaye de Naples, elles datent du

quatorzième siècle. Vous pouvez voir ici le dessin très poussé d'un hybride mi-humain, mi-poisson, réalisé par un moine de l'époque. Il s'agit, à priori, d'êtres évoluant dans les profondeurs abyssales de l'océan. Cela explique pourquoi ils ne se sont jamais fait repérer par les humains : ils vivent dans des endroits inaccessibles. De nos jours, la technologie nous permet de sonder les fonds marins à bord de sous-marins ultra-sophistiqués. Nos envoyés spéciaux ont pourtant du mal à retrouver la trace de ce peuple qui s'amuse à se jouer de nous… Néanmoins, nous ne désespérons pas d'atteindre, un jour, notre objectif.
Sous les yeux ébahis de Toulouse, de nombreuses illustrations du peuple de Gliline étaient projetées sur l'écran géant.
– Est-ce… Est-ce possible ? balbutia Toulouse.
– À l'évidence ! certifia Jean-François. Bien entendu, tout ce qui nous est transmis ce soir doit impérativement être gardé sous le sceau du secret.
Son discours terminé, le Grand Lord salua l'assemblée et quitta la scène.
Le rideau tomba et les lumières de la salle se rallumèrent sur un banquet garni de victuailles et de flûtes de champagne.
Toulouse, les jambes tremblantes, se retint au dossier d'un large fauteuil et s'y laissa choir.
– Ainsi, pensa-t-il, pris de vertige, certains humains ont connaissance de l'existence d'êtres aquatiques et

taisent volontairement cette information aux non-initiés…

Une main gracieuse se posa sur l'épaule de Toulouse. Une seconde menotte se perdit dans sa chevelure blonde.

En riant, trois jeunes femmes se penchèrent au-dessus de l'homme allongé sur le canapé.

Alors que le son enivrant du tambour venait de reprendre, les sirènes surplombaient le bel invité.

L'une d'entre elles porta une coupe de champagne aux lèvres de Toulouse. Lentement, il but le breuvage glacé.

Une ondine dont les cheveux violets étaient parsemés d'étoiles de mer s'approcha si près de lui qu'elle embrassa son front.

Les deux autres naïades enlacèrent l'homme de leurs bras délicats. Envoûté, il se laissa dévorer par leurs lèvres avides de baisers.

Les doigts parés de bagues nacrées déboutonnèrent la chemise de soie et se glissèrent sous l'étoffe afin de caresser sa peau mate. Une main s'arrêta sur les fines cicatrices qu'avaient laissées les branchies créées par Gliline.

Il ferma les yeux d'un plaisir indicible et imagina, l'espace d'un instant, être en présence de sa sirène, perdu dans les profondeurs abyssales…

Les trois courtisanes l'enveloppèrent d'embrassades et de caresses ardentes.

L'homme s'éveilla en sursaut lorsque sa domestique renversa la sculpture de verre qui ornait la table du salon.
L'objet d'un bleu translucide s'écrasa sur le carrelage avec fracas.
Embarrassée d'avoir été maladroite, Carla se confondit en excuse.
Toulouse l'écouta sans réagir, un terrible mal de crâne semblait lui comprimer les tempes.
– Oui, oui, Carla…, marmonna-t-il en se massant le cuir chevelu. Balaie les débris par terre et laisse-moi. J'ai encore besoin de dormir.
À peine avait-il fini sa phrase qu'il réalisa où il était :
– Mais… Je ne suis plus au château du Lord Club ?! Et… pourquoi ai-je passé la nuit sur mon canapé ?
– En effet, Monsieur. Lorsque je suis arrivée à mon poste ce matin, vous n'étiez pas encore rentré. Un peu plus tard, deux hommes ont ouvert la porte avec votre clé. Ils vous soutenaient, vous sembliez inconscient. Sans m'adresser le moindre regard, ils vous ont allongé sur ce sofa puis se sont éclipsés. Ils ont refusé de m'expliquer quoi que ce soit ! J'ai juste pu apercevoir leur limousine noire démarrer au bout de l'allée.
– J'ai bu trop de champagne hier soir…, conclut-il. Fais-moi bouillir de l'eau avec le jus d'un demi-citron, Carla. Cela devrait me remettre d'aplomb.
Toulouse s'étira en bâillant, puis s'installa confortablement au milieu des coussins.

– Oui, Monsieur. Une dernière chose, vous avez reçu du courrier. Dois-je le laisser sur…
– Apporte-le-moi. Finalement, je ferai une sieste plus tard.
Il se redressa et parcourut du regard les documents que Carla venait de lui donner.
Un magazine « *Passion Plongée* », quelques factures, une invitation au vernissage d'un artiste renommé et une étrange lettre couleur menthe à l'eau se trouvaient dans le tas.
Il attendit que sa domestique quitte les lieux pour décacheter l'enveloppe.
Intrigué, Toulouse porta la lettre à ses narines pour en respirer le parfum. Une odeur délicieusement iodée imprégnait le papier.
« *Toulouse,*
Je suis ton incroyable parcours depuis tes débuts.
Ton métier de plongeur est étonnamment proche du mien…
J'aimerais tellement en discuter avec toi. Pour ce faire, je t'invite à me rencontrer ce samedi à vingt heures, dans la salle numéro quinze du Musée National des Océans.

                    Blue Maria, une admiratrice, »

Il relut plusieurs fois le message, s'arrêtant à chaque mot.
Soudain, il réalisa :
– Mais… samedi… c'est ce soir !!

Surexcité, Toulouse bondit hors du canapé et sauta à pieds joints dans sa piscine intérieure.
Il ne prit même pas la peine de se déshabiller.
Le jeune homme fit une dizaine de longueurs, alourdi par le poids de ses vêtements mouillés. Son mal de tête disparut complètement au moment où il s'installa à la table de sa terrasse, une collection de verres remplis de différents jus de fruits alignés devant lui.
Sa journée était déjà bien entamée, il n'eut pas à patienter longtemps avant de rejoindre le Musée des Océans où l'attendait sa mystérieuse admiratrice.
– Où se trouve la salle numéro quinze, s'il vous plaît ? demanda-t-il au gardien.
– Troisième étage, aile droite, Monsieur.
Toulouse se dirigea d'un pas décidé vers l'escalier en colimaçon.
Le troisième étage s'ouvrait sur une pièce aux murs circulaires qui étaient entièrement peints en bleu marine. Au centre, un aquarium cylindrique s'élevait du sol au plafond.
Pour l'heure, aucun visiteur ne s'y trouvait.
Attiré par les parois de verre derrière lesquelles s'offrait un univers aquatique, Toulouse admira les coraux aux teintes vives ; quantité de poissons-clowns s'y cachaient.
Il aperçut même une famille d'hippocampes qui semblait flotter en apesanteur, se perdant parmi les algues dansantes.
Quand soudain, un visage humain se dessina entre une anémone géante et un oursin…

Épouvanté, Toulouse eut un mouvement de recul.
Une véritable sirène lui souriait d'un air timide, tout en nageant dans l'aquarium !
Croyant être victime d'une hallucination, le jeune homme s'éloigna pour mieux la contempler. Cette femme à la chevelure noire portait une queue de poisson aux écailles bleutées, ainsi qu'un bikini décoré de perles et de coquillages.
Un diadème fait de conques d'or et de fragments de coraux brillait dans ses cheveux.
De sa main, l'ondine lui fit un discret salut puis elle remonta vers la surface, disparaissant momentanément.
Elle revint quelques secondes plus tard.
Les mains touchant la vitre épaisse de l'aquarium, la sirène y déposa un baiser invisible. Comprenant qu'il s'agissait d'une humaine ayant revêtu une queue en silicone, Toulouse osa enfin se rapprocher.
Joueuse, la nageuse lui fit signe de la suivre tandis qu'elle se dirigeait vers la gauche du bassin. Elle lui indiqua alors un endroit en le pointant du doigt.
Toulouse découvrit un petit cadre portant une inscription :

« *Blue Maria, notre sirène, est visible dans ce bassin tous les samedis entre dix-huit et vingt heures.* »

Agréablement surpris par la tournure des événements, Toulouse tapota sur le cadran de sa montre, lui signifiant que sa prestation était terminée et qu'il avait hâte de la rencontrer à l'air libre.

Blue Maria éclata d'un rire silencieux, de fines bulles d'oxygène s'échappèrent de sa gorge.

À l'aide de signes, elle lui demanda de patienter afin qu'elle retrouve son apparence humaine et le rejoigne de l'autre côté de la vitre.

Dix minutes s'étaient écoulées quand Toulouse, adossé aux murs arrondis, vit la silhouette de Blue Maria apparaître dans l'embrasure de la porte.

Elle possédait deux jambes joliment galbées et une taille fine qu'on devinait sous son ample pull angora.

– Je suis prête, déclara-t-elle, rieuse.

– Tu es méconnaissable, ironisa Toulouse.

Il s'approcha d'elle et déposa un baiser passionné sur ses lèvres.

– Oh… Hem… Mais… balbutia-t-elle en reculant.

– Me suis-je trompé ? Ne désirais-tu pas me rencontrer pour cela ?

– Pardon ? Non… Je suis mariée… Je voulais vraiment discuter de notre passion commune : la plongée.

– Tu es casée ? Enfin, je veux dire mariée ?

Blue Maria acquiesça, troublée.

– Tant pis. Alors, allons sur le toit.

– Sur le toit !? s'étonna Blue Maria.

– Il y a un restaurant au dernier étage de cet immeuble, n'est-ce pas ?

– Suis-je bête ! Bien sûr.

La jeune femme tenta de retrouver une apparence désinvolte, espérant que Toulouse n'y verrait que du feu.

Le couple emprunta l'ascenseur pour atteindre la terrasse qui donnait sur le centre-ville. La nuit venait de tomber, des arbres en fer forgé constellés de loupiotes éclairaient ce restaurant nommé « Le septième ciel ».

Toulouse choisit une table en retrait afin de pouvoir discuter tranquillement avec son admiratrice.

– Je décline toujours les invitations de mes fans. Néanmoins, et j'ignore pourquoi, j'ai eu envie de te rencontrer, Blue.

– Merci d'être venu, dit-elle en baissant les yeux. Je pensais que ton emploi du temps ne te laissait que peu de disponibilité.

– Je gère ma vie comme je l'entends, je suis mon propre patron.

– Tout de même, il te faut passer de nombreuses heures sous l'eau pour parvenir à trouver autant de trésors !

– Je me laisse guider par mon intuition, elle me mène aux endroits où se terrent des richesses englouties.

– Tu es donc libre comme le vent, Toulouse ? Sans contrainte professionnelle, ni familiale ? se risqua-t-elle.

– Aucune contrainte, en effet. Je suis l'unique capitaine aux commandes de mon existence.

– Tu es un jeune trentenaire, les sirènes de l'aventure semblent te retenir dans leurs filets. N'as-tu pas envie de fonder un foyer ?
– Non. Je suis trop fasciné par le silence et les profondeurs abyssales pour demeurer longtemps à la surface. Les humains m'ennuient.
– La solitude ne t'effraye-t-elle donc pas ?
– Au contraire, j'aspire à cette solitude, j'en ai besoin. Elle et l'océan me ressourcent.
Un serveur les interrompit pour déposer une coupelle d'olives et prendre leur commande, puis il s'éclipsa.
– Ou alors, peut-être n'avais-je pas encore trouvé la compagne idéale, Blue Maria…
Elle cessa de respirer, les yeux rivés à ceux du charismatique plongeur.
– Parle-moi de toi, continua-t-il.
– Je… Je suis mariée, murmura-t-elle, comme un bouclier qui l'empêcherait de se laisser aller à embrasser les lèvres de Toulouse.
– Cela, je le sais. Tu me l'as déjà dit.
– Oui, excuse-moi… Je suis une sirène professionnelle. L'on fait appel à mes services pour divers événements en France ou ailleurs.
– Une véritable ondine ! Quelle chance, je rêve d'en rencontrer une depuis si longtemps.
– Moi aussi ! s'exclama Blue Maria, ravie de pouvoir penser à autre chose qu'au visage envoûtant de son interlocuteur. Petite déjà, j'étais férue des mythes et légendes parlant de monstres marins et de créatures hybrides ! Je fais de la plongée depuis l'âge de dix

ans, poursuivit-elle avec enthousiasme. Un peu de théâtre aussi, mais je ne me sens jamais aussi bien que lorsque je nage en apnée déguisée en sirène. Et dire que mes employeurs me paient pour faire ça !
Elle éclata de rire.
– Depuis combien de temps pratiques-tu la plongée, Toulouse ?
– Une bonne année.
– Seulement ?! Je n'arrive pas à y croire ! Tu as vraiment une veine inouïe alors…
– L'intuition, répéta-t-il, mal à l'aise. Ainsi, tu ressens une affinité particulière envers les créatures aquatiques ?
– Oh oui ! D'ailleurs, je suis certaine que les sirènes existent, susurra-t-elle à son oreille. Si aucun humain n'en a jamais vu, c'est parce qu'elles sont trop malignes pour se faire repérer !
De plus en plus désorienté par les propos de Blue Maria, Toulouse fit mine de sourire et dévora quelques olives.
– En vérité, il est préférable que ces êtres merveilleux nous évitent, poursuivit-elle, pensive.
– Pour quelle raison ?
– Dans la mythologie, les ondines ont mauvaise réputation. Elles hypnotisent les hommes pour les noyer !
– Crois-tu qu'elles soient dangereuses ?
– Il s'agit de véritables ensorceleuses ! Elles sont capables de nous envoûter pour nous garder sous leur

emprise. J'aimerais posséder leurs pouvoirs autant que leur apparence.

Le jeune homme faillit s'étrangler, il recracha prestement le noyau et tenta de retrouver son calme.

– Je fais de la photo aussi, reprit-il, préférant changer de sujet.

– Que photographies-tu ?

– Des ondines, déclara-t-il avec le plus grand sérieux.

Blue Maria le regarda fixement, tentant de déceler s'il se moquait d'elle.

– D'ailleurs, je trouverais délicieux de capturer ton image lorsque tu deviens sirène.

Le rouge aux joues, elle répondit :

– Pourquoi pas, Toulouse. Dis-moi, quel samedi t'arrangerait ? Je peux rester dans l'aquarium après mon travail pour prendre la pose.

– J'aimerais mieux faire cela demain.

– Impossible, le musée ferme le dimanche.

– Je ne parlais pas du musée. Je t'invite à nager dans ma piscine. Demain.

– Oh… Ah bon…, bredouilla-t-elle, désemparée. J'ignore s'il est bien sage d'accepter, rapport à mon époux…

– Tu n'as pas confiance en moi ?

– Si si.

– Ou alors, est-ce en toi que tu n'as pas confiance, Blue ?

Son corps, imperceptiblement tendu vers lui, se figea, estomaqué par sa lucidité.

– Mais pas du tout ! s'offusqua-t-elle. Je viendrai dimanche. À quelle heure exactement ?
– Disons quatorze heures.

L'index tremblant de Blue Maria s'écrasa sur la sonnette.
Un long « **Driiiiiiiiiiiiing !** » résonna dans la bâtisse de Toulouse.
Le jeune homme, habillé d'un costume écru rehaussé d'une chemise vert émeraude, vint lui ouvrir la porte.
– Bonjour, belle dame. Merci d'être venue.
– Hello ! lança-t-elle d'un air faussement détendu.
– Donne, je vais t'aider, dit-il en la débarrassant de son sac débordant d'affaires.
– J'ai pris deux queues de poisson, une dorée et ma bleue. Ainsi, tu pourras choisir celle que tu préfères pour la séance.
Il la fit pénétrer dans le salon et lui servit une coupe de champagne qu'elle refusa.
– N'aimes-tu pas le champagne ? s'étonna-t-il.
– J'adore mais l'alcool me fait perdre mes moyens…
– Je vois, murmura-t-il, comprenant qu'elle parlait moins de la plongée que de se sentir de taille à repousser ses avances si, d'aventure, il s'y risquait.
– Où puis-je me préparer ?
– Ici.

Il lui indiqua la salle de bain, spacieuse et garnie de trois baignoires différentes.
– Oh, my God ! s'exclama-t-elle, fascinée par cette pièce lumineuse dont les murs étaient entièrement recouverts de miroirs. Tu… Tu aimes l'eau au point d'avoir plusieurs baignoires ?
– L'eau et les sirènes, oui.
– J'ai besoin d'une heure pour me préparer.
– Autant que tu veux, Blue. J'ai réservé mon après-midi pour toi.

Soixante minutes plus tard, elle l'appela depuis la salle de bain.
– Je ne peux pas me déplacer avec ma queue… Peux-tu me porter jusqu'à la piscine, s'il te plaît ?
L'homme, stupéfait par la transformation qui venait d'avoir lieu, se tut un moment afin d'observer l'humaine devenue sirène.
– Tu es sublime, Blue… Si je te prends dans mes bras… Je ne te lâcherai plus.
Interpellée par son regard pénétrant, la jeune femme ne sut que répondre.
– Rassure-toi, reprit-il en riant. Je plaisantais !
Il s'avança vers elle et la souleva avec délicatesse pour la poser quelques mètres plus loin, au bord du bassin.
– Elle est chaude ! dit-elle en trempant ses doigts dans le liquide violacé.

– Attends ! l'arrêta-t-il avant qu'elle ne se décide à plonger. Je voudrais prendre des clichés où tes cheveux ne sont pas encore mouillés.
Toulouse ôta son veston et remontant les manches de sa chemise. Puis, il s'allongea sur le sol, face à la belle ondine.
Il actionna le déclencheur de nombreuses fois, fasciné par la grâce de la jeune femme.
Blue Maria donna le meilleur d'elle-même durant plus de deux heures, se pliant aux injonctions du photographe exigeant.
Toulouse proposa de clore la séance dans l'une des trois baignoires. Ravie, Blue Maria préféra celle en verre translucide. Ainsi, il put la photographier à travers les parois vitreuses débordantes d'eau.
– Merci, ma belle, tu as été parfaite, conclut-il, en lui caressant la joue.
– Ce fut un moment exquis, Toulouse… C'est moi qui te remercie.
Il posa l'appareil sur le carrelage et s'accouda au bord du bain.
– J'ai vu des sirènes autrefois, lâcha-t-il, ébloui par sa beauté.
– Pardon ?!
– Enfin, je voulais dire que j'avais déjà vu des femmes déguisées en sirènes. Mais aucune d'elles n'aurait pu me troubler autant que toi, Blue…
Embarrassée par l'insistance de ce regard azuré, Blue Maria toussota avant de déclarer :

– Eh bien… Je pense qu'il est l'heure de rentrer chez moi… Mon époux va…
– Ton époux ? Tu ne m'as jamais dit son nom. Existe-t-il vraiment ?
– Je peux te l'assurer, oui ! dit-elle avec un peu trop de verve.
– Alors, embrasse-moi, Blue Maria…
Elle demeura interdite, envahie par des pensées contradictoires qui s'entrechoquaient dans son cerveau.
Du pouce, Toulouse lui frôla la bouche. Sa main poursuivit son trajet jusqu'à la naissance de sa nuque et se perdit dans la chevelure humide.
Ses lèvres empruntèrent, ensuite, le même chemin.
Blue Maria décida d'effacer son passé l'espace d'une après-midi, lutter contre son propre désir aurait été vain.

Lorsque Blue Maria vint chez Toulouse pour la deuxième fois, elle savait en son for intérieur que son mariage ne tiendrait pas longtemps.
Le beau plongeur l'avait invité pour un repas aux chandelles afin de lui montrer le résultat de leur séance.
Alors qu'il posait sur la table les épreuves des photos les plus réussies, la jeune femme n'osa lever les yeux vers lui.

Quand ils eurent admiré les différents portraits de la sirène, Blue Maria se jeta sur Toulouse et l'embrassa avec fougue.

Leur étreinte dura plusieurs heures, ils ne quittèrent le canapé du salon que pour convenir d'un nouveau rendez-vous le lendemain.

Ainsi, il ne fallut pas deux semaines pour que Blue Maria révélât leur histoire à son époux, lui annonçant du même coup qu'elle s'installait définitivement chez Toulouse.

Soulagée d'avoir réussi cette douloureuse épreuve, Blue revint chez son amant, la voiture chargée d'affaires personnelles.

– Voilà, entonna-t-elle fièrement. Il est au courant de notre relation !

– Bien, ma chérie.

– Peux-tu me donner un coup de main pour porter mes valises ?

– Oui, par contre ne décharge pas tout.

– Co… Comment ça ?

– Je t'ai trouvé une ravissante maison au bout de la rue, je l'ai mise à ton nom. Voici les clés.

– Mais… Je veux habiter chez toi, Toulouse !

– Tu es la bienvenue ici de huit heures à vingt-deux heures. En dehors de ce créneau, tu logeras dans ta nouvelle demeure.

Les yeux écarquillés, Blue Maria lui demanda de répéter.

– Tu as bien entendu. De huit heures à vingt-deux heures. Au-delà, je désire être seul. Complètement seul.
– Nous ne pourrons jamais dormir ensemble ?!
– Jamais. Il s'agit là d'un besoin vital non négociable.

CHAPITRE 7
Trahison.

Toulouse poussa les portes de la piscine municipale.
Le hall d'entrée était bruyant, des adolescentes discutaient en se séchant les cheveux avec leur serviette. Un père s'occupait de son fils qui, fatigué d'avoir tant nagé, dévorait une banane et un carré de chocolat en même temps.
Toulouse salua la caissière en passant devant elle.
– Je viens voir Blue ! lui expliqua-t-il.
– Dépêche-toi si tu veux photographier les petites sirènes, car le cours touche à sa fin, lui conseilla la caissière.
Il se hâta de parcourir le couloir qui menait aux cabines, retira ses chaussures vernies et enfila un short de bain.
Enfin prêt, Toulouse entra dans la salle où Blue Maria donnait ses leçons.
La jolie brune portait une queue de sirène aux reflets rouges et un haut assorti. Elle avait mis un collier d'étoiles de mer et des barrettes décorées de Voiles de Chine.
Devant elle, dix enfants imitaient consciencieusement le moindre de ses gestes. Ils avaient chacun une queue de poisson de couleurs

différentes. Trois garçons et sept fillettes apprenaient à nager tels des ondins.

Toulouse sortit son appareil photo et prit de nombreux clichés de la séance. Les enfants riaient et s'éclaboussaient joyeusement.

Blue Maria leur parlait d'une voix douce et fit preuve d'une patience impressionnante envers ses apprentis.

À la fin du cours, le groupe se rassembla autour de Toulouse. Ils posèrent de nombreuses questions sur ses trouvailles miraculeuses et sur la beauté du monde sous-marin.

L'homme répondit avec entrain à ce flot continu d'interrogations, puis les enfants s'en allèrent après l'avoir remercié.

– Tu en as mis du temps pour venir ! se plaignit Blue Maria. Pourquoi étais-tu à ce point en retard ?

– J'ai trouvé un magnifique heaume en bronze cette après-midi. Je voulais le faire expertiser sans attendre. Il date peut-être du onzième siècle, t'imagines !!

– Félicitations, Toulouse ! Et si on passait une nuit ensemble pour fêter ça ? proposa-t-elle d'une voix sensuelle.

L'homme s'arrêta net, outré.

– Je ne changerai rien à nos habitudes, Blue. Mes nuits ne te concernent pas. Si je t'ai offert une somptueuse maison pour que tu y dormes, ce n'est pas sans raison.

– Écoute, mon amour… Voilà maintenant cinq mois qu'on partage notre vie, j'espérais que tu m'accorderais cette faveur.
– Impossible. Et n'insiste pas ! D'ailleurs, j'ai annulé notre réservation au « Green Paradise ». Je n'ai pas le temps de dîner au restaurant ce soir, j'ai trop de travail en ce moment. On se voit demain. Ciao.
Toulouse embrassa furtivement sa compagne puis quitta la piscine municipale.

Les doigts de Toulouse jouaient machinalement avec le déclencheur d'un appareil photo miniature.

« CLIC CLIC CLIC »

Le petit boîtier possédait la taille d'un diamant monté sur une bague.
Il était soudé à un anneau de métal noir.
Toulouse, installé dans un large siège rotatif, semblait fasciné par ce qu'il regardait.
Il était seul dans une pièce sombre. L'unique source de lumière émanait du mur qui lui faisait face : une dizaine d'écrans étaient accrochés au-dessus de son bureau. Et sur ces écrans, chacune des images représentait Gliline !
Sa main translucide, ses yeux ronds comme des billes, son corps luminescent constellé de réseaux scintillants, sa chevelure faite de tentacules souples,

le moindre détail de son étrange anatomie s'y retrouvait dévoilé.

– Béni soit ce minuscule appareil ! se délecta-t-il. Je ne me lasserai jamais d'observer Gliline…

Une voix aiguë le fit bondir de frayeur :

– Toulouse ! entendit-il au loin.

Affolé, il chercha à la hâte la télécommande et éteignit tous les écrans d'un seul coup.

– Toulouuuuse !!! répéta Blue Maria qui venait d'arriver dans le salon.

L'homme sortit de son bureau dont il ferma la porte à double tour.

– Je suis là, répondit-il enfin.

Telle une panthère, Blue Maria s'approcha de son amant en accentuant exagérément son déhanché.

– Bonsoir, mon amour, susurra-t-elle, un sourire malicieux aux coins des lèvres.

– 'Soir.

La jeune femme minauda en bombant le torse. Son décolleté était plus plongeant que jamais. Le regard de Toulouse s'y perdit un moment, puis il déclara :

– Je sors, Blue. L'antiquaire m'attend, j'ai encore quelques merveilles à lui vendre.

Décontenancée, Maria se raidit.

– Tu… Tu n'as rien remarqué ? lui reprocha-t-elle.

– Pardon ? Qu'y a-t-il de spécial ?

– Mes… Mon…, bredouilla-t-elle.

Elle baissa la tête en direction de son propre buste.

– Mes seins, Toulouse !

– Tu as un nouveau soutien-gorge ?

– Non ! Enfin, oui, mais…
– Bon, abrégeons ce jeu de devinettes, ça en devient agaçant, ordonna-t-il, impatient de s'en aller.
– Ma poitrine est passée sous le bistouri d'un chirurgien esthétique !! expliqua-t-elle, vexée. Je me suis rajouté deux tailles supplémentaires ! Ne vois-tu aucune différence ?
– Ah… Si, maintenant que tu le dis.
– Et ? Est-ce qu'ils te plaisent ainsi ?
– Oui. Ils sont parfaits.
– Je voulais t'en faire la surprise…
– M'en faire la surprise ou vérifier si je m'en rendrais compte par moi-même ? demanda-t-il, suspicieux.
– As-tu remarqué mes cheveux que j'ai teints en châtain ? As-tu vu ma garde-robe que j'ai totalement renouvelée ? As-tu perçu les dix kilos que j'ai perdus ? As-tu remarqué mes lèvres que j'ai « botoxées », Toulouse ? Non ! Car tu ne me regardes plus !
Désarçonné par cette rafale de reproches, Toulouse demeura silencieux.
– Tu te fous allègrement de ma personne, continua-t-elle, l'air désespéré. Présente ou absente, cela t'est bien égal ! Je n'en peux plus de ton indifférence ! Tu ne me reverras jamais, Toulouse. Je vais disparaître de ton existence, tout comme ta maman l'a fait !
Furieux, l'homme agrippa les épaules de Blue Maria.
– Que vient faire ma mère dans cette histoire ? grogna-t-il. Tu ne la connais même pas !

– Détrompe-toi ! France a voulu me rencontrer pour savoir comment tu allais. Elle désirait aussi en apprendre un peu plus sur moi. Blue Maria, « la sirène », la seule compagne que tu aies gardée plus d'une semaine depuis ton naufrage !
– Je... Elle a fait ça ?!
– Oui. Elle t'aime, Toulouse. Cela t'étonne ? Tu es son fils, non ? Comment as-tu pu ainsi l'évincer de ta vie ? Maudite soit ta belle gueule d'ange ! En vérité, tu es un être démoniaque... avide, Toulouse... Tu es un monstre avide et égoïste ! Alors, adieu ! Je m'en vais hanter cet océan que tu chéris tant. Demain, j'y serai irrémédiablement liée et cette eau te paraîtra dès lors d'une morbidité absolue !
En larme, la jeune femme quitta la pièce en courant.
Toulouse l'entendit claquer la porte d'entrée.
Quand il arriva dans le hall, il s'aperçut qu'elle n'avait même pas songé à emporter son sac à main.

Toulouse fixait l'horloge de son salon d'un air absent.
Dans sa tête, la scène de rupture avec Blue Maria se rejouait sans cesse.
Il voulait se changer les idées et attendait impatiemment son rendez-vous de minuit.
Les mots que Blue lui avait dits se superposaient à ceux de Sanne, son ancienne compagne.
Les deux femmes lui reprochaient la même chose et cela le mettait hors de lui !

Toulouse avait été faible en acceptant Blue Maria chez lui. Dorénavant, il passerait d'une fille à une autre, sans ne plus jamais s'attacher !
Le cadran de l'horloge afficha enfin minuit pile.
D'un bond, l'homme quitta le confort du sofa pour ouvrir la porte vitrée menant à sa terrasse.
La lune l'éclairait de sa lumière franche, il n'y avait aucun nuage à l'horizon. Seuls l'obscurité et l'océan entouraient le ponton.
– Ah… Te voilà, mon aimée ! murmura-t-il en reconnaissant le halo violacé frôlant la surface de l'eau. Il n'y a que toi en réalité… Les autres femmes sont insignifiantes à mes yeux.
Gliline émergea d'une vague et illumina de son aura la mer qui l'encerclait.
Deux barrettes d'argent incrustées d'opales ornaient sa chevelure tentaculaire.
– Tu ne rates jamais l'un de nos rendez… dit-il, enchanté.
Elle sourit sans répondre et ôta une barrette.
– Et tu n'arrives jamais les mains vides ! continua Toulouse.
Soudain, un flash de lumière apparut à l'horizon.
Effrayés, Toulouse et Gliline se tournèrent vers ce qui semblait être un éclair, mais celui-ci s'était déjà éteint.
– Une barque approche !! réalisa Gliline. Il est préférable que je m'en aille… Je ne peux courir le risque d'être vue par un autre humain.
Sans attendre, elle s'éclipsa comme elle était venue.

Toulouse la vit disparaître vers le large. Frustré, il frappa le sol de ses deux poings et retint le cri qui lui brûlait la gorge.

N'ayant plus rien à espérer ce soir, il retourna à l'intérieur de sa demeure.

Au loin, le silence se fit. Dans sa barque solitaire, une silhouette se laissait bercer par le clapotis des vagues. Pourtant, son regard enfiévré était saturé de haine…

Le jeune Charles de Vanves avait tout vu de l'entretien clandestin de Toulouse et de sa sirène.

Le vent fouettait le visage gonflé de sanglots de Blue Maria.

Rien. Ni l'horizon calme de l'océan, ni l'air salin ne parvenait à apaiser la tempête qui faisait rage en elle.

Sur la plage déserte, elle grelottait de froid. La nuit était tombée depuis longtemps, le cercle argenté de l'astre lunaire éclairait ses mains tremblantes.

Elle était dévastée, son corps méconnaissable depuis ses trop nombreuses chirurgies ne lui appartenait plus. Elle n'était qu'une fade copie d'elle-même…

La jeune femme avait cru embellir après chaque opération, mais le problème résidait ailleurs. La véritable cause de son malheur était son amour pour Toulouse. Et cet être ingrat n'aimerait jamais personne d'autre que lui-même.

Telle une ombre fantomatique, Blue Maria avançait sur le sable glacé. Ses pieds s'enfoncèrent dans l'eau, aimantés par l'appel de l'océan.

Elle rêvait depuis toujours d'être une sirène. Pourtant, elle n'y parvenait réellement que ce soir, au moment de mourir…

Le liquide noir semblait l'attirer toujours plus avant vers d'insondables profondeurs.

Blue Maria observait son corps pour la dernière fois, sa pâleur extrême le rendait presque bleuté. Elle se déshabilla, jetant au loin ses habits détrempés. Sa poitrine volumineuse la faisait souffrir, les points de suture lui causaient d'affreux tiraillements. Ses cheveux lâchés se mêlaient à l'écume tandis que l'eau lui arrivait au cou. Elle ferma les yeux et ne les rouvrirait plus.

Elle avait pris sa décision, elle ne reviendrait pas en arrière, sa vie avait perdu son sens. La saveur de l'existence autrefois si douce s'était muée en un goût âcre et nauséabond.

La jeune femme avait tout raté.

La douleur était trop lourde à supporter, c'en était devenu invivable. À présent, seule la mort pouvait l'en délivrer. Elle se la donna sans délai.

Lorsque les vagues submergèrent le haut de son crâne, Blue Maria sombra dans les limbes de l'inconscience.

Le lendemain matin, la première chose sur laquelle les yeux de Toulouse se posèrent fut le pull angora de Blue Maria.
L'image trouble de la jeune femme envahit son esprit néanmoins, il la balaya d'un mouvement de tête et revêtit sa combinaison en Néoprène.
Quinze minutes plus tard, Toulouse respirait l'oxygène de sa bonbonne à plus de trois mètres de profondeur.
Il passa au milieu d'un banc de poissons arc-en-ciel et aperçut même une tortue luth.
Il allait remonter à la surface quand une voix féminine résonna à l'intérieur de lui…
– Je suis là, Toulouse.
L'homme reconnut alors la voix télépathique de Gliline.
Pourquoi se montrait-elle en plein jour ? Jamais encore, ils ne s'étaient rencontrés à cette heure de la journée.
En apesanteur, le jeune plongeur se retrouva face à face avec l'ondine luminescente.
Malgré le mauvais pressentiment qu'il ne pouvait s'empêcher de ressentir, Toulouse apprécia la proximité que lui offraient ces retrouvailles diurnes.
Il prit la main fragile de Gliline et y déposa un baiser.
– Bonjour, la belle… Ce rendez-vous surprise est-il dû au hasard ? demanda-t-il en pensée.
– Voyons, Toulouse, le hasard n'existe pas.

Leur communication télépathique était d'une facilité déconcertante, infiniment plus aisée que ce qu'il avait toujours pu imaginer.

– Je voulais te parler de Blue Maria, commença alors Gliline.

– Blue Ma... Maria ? répéta-t-il mentalement, embarrassé.

– Ta « sirène », oui.

– Tu la connais ?!

– Je vous ai vus maintes fois sur la terrasse de ton habitation. La mer qui jouxte ta maison est mon territoire, dois-je te le rappeler ? Par contre, j'étais déçue que tu ne m'aies jamais parlé d'elle.

– Je... Je n'ai pas jugé utile de mentionner cette relation. Après tout, tu ne connais pas les moindres détails de mon existence...

– Rien n'est moins sûr, Toulouse.

Interloqué, le plongeur la regarda à travers le verre épais de son masque.

– Comment va-t-elle ? finit-il par demander.

– Oh, cela t'intéresse-t-il vraiment ?

– Bien sûr, enfin, Gliline ! La dernière fois que je l'ai vue, elle pleurait en me jurant qu'elle allait hanter les o...

Il se figea de terreur en réalisant ce qu'il venait de dire.

– Hanter les océans, oui ! poursuivit Gliline. Et sais-tu comment cette demoiselle comptait s'y prendre ?

Toulouse hocha négativement la tête, craignant la réponse.

– En se noyant dans l'eau glacée ! lâcha-t-elle.
– Non !! L'as-tu retrouvée à temps ? As-tu pu l'empêcher de commettre l'irréparable ?
– Oui, Toulouse. Je l'ai récupérée juste avant que le souffle de la mort ne l'emporte. La pauvre s'était évanouie au moment de sombrer. Ainsi, j'ai pu la ramener sur le rivage, tout comme je l'avais fait pour toi. J'ai ensuite envoyé un message télépathique à un passant qui marchait non loin de là. L'individu l'a trouvée inanimée et a directement appelé une ambulance.
– Merci de lui être venue en aide, Gliline !
– Oh, je l'ai fait aussi pour toi. Je craignais que sa disparition ne marque à jamais ton existence et que sa mort n'entache le lien fort qui t'unit à la mer.
– Je vois, comprit-il soudain. Tu préférais être la seule à envahir mon esprit lorsque je penserai à l'océan…
– Au revoir. Je ne peux courir le risque de rester longtemps à la lumière du jour. Cela me rend trop visible.
– Reviendras-tu ce soir ? Notre rendez-vous de minuit tient-il toujours ? J'ai besoin de te retrouver, comme d'habitude, dans un contexte plus serein.
– Bien sûr, Toulouse. Je viendrai.

Lorsque le plongeur rejoignit le ponton de sa terrasse, le soleil était en train de disparaître derrière l'horizon.

Un ciel orange tacheté de quelques mouettes surplombait le littoral.

Éreinté par son après-midi de nage intensive, Toulouse s'agrippa aux barreaux de l'échelle métallique avec soulagement.

Soudain, la silhouette d'un homme debout se mit en travers de sa route...

Toulouse retira son masque de plongée à la hâte afin de mieux voir le visage de celui qui venait ainsi à sa rencontre.

Vêtu d'un trois pièces blanc, Charles de Vanves le dévisageait sans compassion.

– Mon... Monsieur Charles !? bafouilla-t-il, en un réflexe venu du tréfonds de sa mémoire.

– Bonsoir, Toulouse.

Le ton sec du fils de son ancien employeur lui glaça le sang.

– Hem... Que fais-tu ici ? reprit Toulouse avec plus de fermeté. De quel droit t'es-tu introduit chez moi sans...

– La pêche fut-elle bonne ? coupa Charles, faussement amical.

Il s'accroupit alors devant Toulouse, l'empêchant de quitter l'échelle pour rejoindre le ponton.

– Carla !! cria le plongeur, tentant de garder son calme. Pourquoi as-tu laissé cet homme entrer ?

– Ta domestique est sortie prendre l'air. Nous sommes seuls, Toulouse. Nous allons pouvoir discuter.
– Je n'ai aucune envie de parler ! Ôte-toi de mon passage, j'ai froid.
– Tu as causé la mort de mes parents et de ma sœur ! continua Charles, imperturbable. Ta survie miraculeuse et cette chance inouïe qui t'a apporté la richesse : tu mens au monde entier !
– Que... Que me racontes-tu là, Charles ? Seule cette maudite tempête est responsable du drame.
– Erreur. D'ailleurs, tu connais personnellement celle qui l'a engendrée. Je t'ai vu en compagnie de cette créature démoniaque ! Tes heures de plongée ne t'ont jamais fait découvrir quoi que ce soit comme trésor !
– Oui, Gliline m'a sauvé la vie, avoua Toulouse, désarçonné. Mais elle n'a rien à voir avec le naufrage.
– Cette sorcière des bas-fonds a déchaîné la mer, décuplé le vent ! Elle voulait renverser le yacht !!
– Impossible... C'est insensé, Charles ! Pourquoi aurait-elle fait une telle monstruosité ?
– Pour te porter secours ! Rappelle-toi : Max, le fiancé de ma sœur, te visait avec son pistolet. Il allait te tuer ! Ta sirène a sacrifié les passagers en coulant le yacht. Ainsi, elle te sauva la vie... Je voudrais que tu sois mort, Toulouse, et ma famille vivante !
Sidéré par ce qu'il venait d'entendre, Toulouse faillit tomber en arrière.
Il ferma les yeux et se rattrapa de justesse à l'échelle.

Charles de Vanves semblait si convaincu par ses propos…
Serait-ce la vérité ? se demanda-t-il, perdu dans ses pensées.
Une phrase prononcée par Gliline lors de l'un de leurs rendez-vous lui revint alors à la mémoire :
« *Les sirènes maîtrisent les quatre éléments. Par exemple, l'eau, je peux en faire ce que je veux.* »
Quand Toulouse se redressa, Charles n'avait pas bougé d'un centimètre.
Il se tenait toujours devant lui, le fusillant du regard.
– Attends…, poursuivit Toulouse retrouvant peu à peu sa lucidité. Comme se fait-il que tu sois au courant de la responsabilité de Gliline dans ce drame ?
– Je le sais. Point final. Aussi, je suis venu t'imposer mes conditions.
– Tes conditions ?
– Puisque tu as saccagé mon existence, je vais m'immiscer dans la tienne, grogna Charles. À partir d'aujourd'hui, tu ne feras plus cavalier seul !

De sa troublante lumière, Gliline perçait l'obscurité sous-marine. Tout en nageant, elle pensait au beau Toulouse qu'elle retrouverait à la surface.
Il faisait nuit à l'extérieur, ainsi les ténèbres s'enfonçaient profondément dans l'océan. La sirène demeurait l'unique source de clarté alentour.
– Gliline !! entendit-elle alors vibrer à l'intérieur de son crâne.

La sirène sursauta et, reconnaissant la voix d'Ombe, elle se retourna prestement.
– Que… Que fais-tu si loin de la communauté ? interrogea Gliline, feignant l'innocence.
– Je te retourne la question, petite insensée ! As-tu perdu la raison ?!
– Tu t'es rendue invisible pour me suivre, Ombe ?! se fâcha-t-elle. Quelle bassesse…
– Ce que tu trames avec cet humain est grave ! Les répercussions pourraient être irréversibles…
– Allons, tu sais très bien comment tout cela va finir. Notre monde ne va pas en pâtir. Je suis responsable de mes actes et je n'en regrette aucun.
– Et cet humain ? Pense un peu à lui ! Il est complètement subjugué par toi, Gliline ! Cette dépendance est en train de ruiner sa vie. Il l'ignore, mais je le sais. Et toi aussi, tu en es parfaitement consciente.
– Notre amour est plus fort que tout. Rien ne pourra nous séparer.
– Votre amour ?! Laisse-moi rire !
Ombe tapota sur la tiare en or blanc que son amie portait dans les cheveux.
– Il n'a d'yeux que pour les cadeaux que tu lui apportes, Gliline.
– C'est faux ! Il m'aime avec passion.
– Que tu crois. Retourne le voir une dernière fois. Dis-lui que tu ne lui donneras plus jamais rien et observe son attitude. Tu comprendras ta méprise.
D'un geste décidé, Ombe s'empara de la tiare.

– Bien, admit Gliline, d'un air hautain. Puisque tu as besoin de preuve, je vais le faire.
– Sois brave, ma tendre amie. Puisses-tu ne pas être bernée par l'illusion d'un amour égoïste…
Sans un mot de plus, les deux sirènes se séparèrent, l'une retournant vers les abysses, l'autre vers les étoiles.

Le reflet de la lune miroitait sur chacune des vaguelettes, créant un scintillement continu à la surface de l'eau.
Assis en tailleur sur sa terrasse, Toulouse patientait, immobile.
Lorsqu'il aperçut les lueurs rosées de sa sirène, il se leva avec empressement et vint l'accueillir près de l'échelle.
Gliline, en partie immergée, rayonnait doucement.
– Tu as du retard, déclara-t-il. J'étais inquiet…
– Oui, pardonne-moi si je t'ai fait attendre.
– Ce n'est rien, ma belle. Quelle merveille caches-tu dans ta main, aujourd'hui ?
– Je… Je n'ai rien apporté, Toulouse.
– Quoi !? Hem… Qu'importe, reprit-il un peu gêné par son éclat de voix.
– En fait, je ne te donnerai plus de présents.
– Mais… Pour quelle raison ?
– N'en as-tu pas eu assez ? s'étonna-t-elle, déçue.
– Oui, bien sûr… Tu devrais voir l'intérieur de ma maison, tes merveilles sont partout ! mentit-il. Enfin,

quel gâchis de laisser pourrir de tels trésors au fond de l'eau.

La sirène se taisait, elle regrettait déjà d'avoir entamé cette conversation.

– Pourquoi changer nos habitudes ? insista-t-il. Que crains-tu soudain ?

– Tu ne souhaites pas vider l'océan de ses richesses, non ?

– Il n'y a aucun risque ! ricana-t-il.

Gliline baissa la tête, immensément triste.

– D'accord. Cela m'est égal, après tout. D'ailleurs, ce soir, sois mon invitée !

Retrouvant le sourire, il se leva et désigna la porte du salon à l'autre bout de la terrasse.

– Il y a vingt pas à faire puis tu seras à l'abri. Je vais te porter.

Elle hésitait, se mordant les lèvres pour ne pas succomber à la tentation.

– Je n'ai jamais quitté l'eau…, murmura-t-elle, réticente.

– Tu te baigneras dans la piscine ! Viens m'écouter jouer, Gliline ! J'improviserai un morceau au piano juste pour toi.

– Ta musique… Cela fait si longtemps que je n'ai plus entendu le son de ce merveilleux instrument.

Cédant à son puissant désir, la sirène tendit la main vers l'homme. Il la hissa jusqu'à lui et la prit dans ses bras.

Elle posa alors sa tête contre son torse chaud. Gliline toucha la peau mate du pianiste afin de graver ce moment dans sa mémoire.

Toulouse marchait droit devant lui, évitant de croiser le regard de son amie. Les traits de son visage se durcirent, il serra l'être aquatique un peu plus fort puis pénétra dans le salon.

La pénombre régnait à l'intérieur de la pièce.

Gliline eut juste le temps d'apercevoir Charles de Vanves qui lui appliqua un tissu imbibé de chloroforme sur la bouche…

Étourdie, elle sombra dans un profond sommeil.

CHAPITRE 8
Exhibition.

Gliline s'éveilla avec un terrible mal de crâne.
L'eau dans laquelle elle évoluait n'avait pas la même qualité que d'ordinaire, ce liquide était bien trop douceâtre à son goût.
Sa vue trouble retrouvait peu à peu sa netteté. Cependant, la pénombre régnait tout autour d'elle.
Une lumière aveuglante jaillit soudain.
Progressivement, la sirène vit se dessiner les contours d'une pièce. Une silhouette fantomatique s'approcha d'elle.
– Bonsoir, Gliline.
La voix grave qui venait de parler semblait émerger d'un épais brouillard.
L'ondine donna un coup de nageoire afin de se diriger vers ce son familier quand son corps se heurta violemment à une paroi invisible…
Gliline réalisa alors qu'elle se trouvait prisonnière d'un énorme aquarium de verre !
Une sphère de plusieurs mètres de diamètre l'entourait de part et d'autre.
À son sommet, un mince tuyau s'enfonçait dans l'eau afin de la renouveler constamment. Le tuyau était relié à un moteur qui ronronnait à côté de l'aquarium.

– Je suis navré, entendit-elle.
L'homme qui venait d'allumer le plafonnier était Toulouse.
Il s'arrêta face à elle et la toisa avec froideur.
– Tu as été la première à me trahir, dit-il, l'air dégoûté. Tu as tué neuf personnes en coulant le yacht ! Puis, tu m'as menti. Si tu connaissais réellement l'avenir, tu ne serais jamais venue à notre dernier rendez-vous.
Ulcérée par ces paroles, la sirène se plaqua contre la vitre, cognant la paroi de ses poings fermés.
À ce moment précis, la porte d'entrée s'ouvrit avec fracas.
– Où est-elle ?! hurla un individu en entrant dans la salle.
Charles de Vanves marcha d'un pas furibond vers la sphère.
– Meurtrière !!
L'homme, en proie à une vive colère, pointait du doigt l'ondine.
– Je te hais ! Abominable créature !
Charles dévisageait la sirène abyssale, méprisant la vulnérabilité qui se lisait dans les yeux globuleux de sa proie.
Derrière lui, Toulouse détourna la tête.
– Par ta faute, ma vie est devenue un véritable enfer… Voici le temps venu de la justice, tu vas enfin payer pour tes crimes, sorcière ! Demain, notre tournée mondiale débutera ! Nous deviendrons des célébrités internationales !

– Toulouse…, implora Gliline par télépathie. Mais qu'as-tu fait ?!
– Laisse entrer les journalistes, Toulouse, ordonna Charles, un rire crispé aux coins des lèvres.
– Venez, Messieurs, « elle » est à vous, déclara Toulouse.
À ses mots, un brouhaha se fit entendre dans le couloir.
Des dizaines de photographes accoururent pour s'agglutiner autour de l'aquarium.
Des flashs incessants crépitèrent, se reflétant sur les parois de la sphère. Éblouie, Gliline tenta vainement de se cacher à l'aide de ses bras luminescents.

Pleinement satisfait, Toulouse entassa sur la table les journaux dont il faisait la une :

« *Une véritable sirène !* »
« *Oui, les sirènes existent !* »
« *Gliline ou la fortune de deux miraculés, rescapés d'un naufrage.* »
« ***ELLE*** *arrive près de chez vous !* »

Il était assis dans la pièce centrale d'un camping-car construit sur mesure. Tiré par six magnifiques chevaux noirs, ce long véhicule traversait le pays en déplaçant la nacelle qui renfermait l'aquarium de verre.

L'océan, les abysses et la silhouette de Gliline étaient peints sur la tôle métallique.

Un cocher dirigeait nonchalamment ce prestigieux cortège tout en longeant la rivière d'un paysage champêtre.

Toulouse regardait Charles de Vanves avec le plus grand sérieux.

Les deux hommes patientaient en dégustant une boisson fraîche, le voyage semblait interminable.

– Comment as-tu su pour la tempête ? demanda alors Toulouse. Qui t'a dit que Gliline en était la responsable ?

– Lors du naufrage, j'ai été sauvé, moi aussi. Excepté sa couleur, c'était une sirène comme la tienne mais elle possédait plutôt une teinte verte. Sans son aide, j'aurais péri…

Charles se tut pour sécher les larmes qui perlaient au coin de ses yeux.

– Pourtant, je n'en ai presque aucun souvenir, reprit-il. Juste des bribes d'images qui me reviennent de temps en temps.

– N'as-tu pas cherché à la retrouver ?

– Jamais ! Je ne veux rien devoir à cet être démoniaque ! Néanmoins, je suis resté « connecté » à elle par la pensée… Je reçois parfois, un souvenir, une vision qui me fait comprendre un événement. Ce fut le cas pour la tempête.

Le silence envahit le véhicule, seul le galop des chevaux se faisait entendre à l'extérieur.

– J'ai réfléchi…, commença alors Toulouse. Notre spectacle serait encore plus charismatique si nous l'accompagnions d'un peu de musique. Qu'en penses-tu ?
– Excellent ! Je valide cette brillante idée. Que proposes-tu comme bande sonore ?
– Oh… Je me disais qu'un véritable musicien pourrait intervenir lors de chaque spectacle.
– Oui, mais, ce musicien, où le trouver ?
– As-tu donc oublié mon ancien métier, Charles ? N'étais-je pas un bon pianiste lorsque je divertissais tes oreilles sur le yacht de ton…
– De mon père…, conclut-il, avec émotion. Tu es un virtuose, mon ami. Cela serait magnifique, en effet.
– Merci, Charles, murmura Toulouse. J'ignorais que mes mélodies te touchaient à ce point…
– Je vais te faire livrer le meilleur des pianos !
– Nous pourrions en fabriquer un qui serait particulier… Un instrument qui s'accorderait parfaitement avec la thématique de notre show aquatique !
– Et comment l'imaginerais-tu, ce piano marin ?
– Il serait en verre rempli d'un liquide turquoise. Il pourrait s'allumer de l'intérieur puisque nos démonstrations se déroulent aussi en soirée.
– Adjugé ! Je verrai ça avec notre agent. Nous approchons de la prochaine destination !
Toulouse, le visage serein, se resservit une rasade de menthe givrée puis contempla la campagne qui défilait derrière la fenêtre.

– Encore une chose, dit doucement Charles. Un membre du Lord Club t'a-t-il déjà contacté ?
Étonné, Toulouse se raidit.
– Je… Oui, comment le sais-tu ?
– Je les connais personnellement. Du moins, je les connaissais. Mon père faisait partie de leur confrérie.
– Bien ! Pourtant, je ne t'y ai jamais croisé, c'est étrange…
– Je les évite comme la peste, Toulouse. Et tu ferais bien d'en faire autant.
– Pardon ?! Mais… Pour quelle raison ?
– Il y en a des dizaines ! Ils savent tout sur toi, ils enquêtent sur ton passé, tes failles ou tes erreurs de jeunesse. Forts de cela, ils se serviront de ces preuves pour te faire obéir à leurs injonctions.
– Et si je suis blanc comme neige ?
– Personne n'est blanc comme neige, Toulouse ! Et certainement pas nous, les millionnaires ! Même si tu étais irréprochable, ils fomenteraient des coups montés pour te piéger et maintenir leur emprise sur toi. Ils ne reculeront devant rien. Cesse de fréquenter leur cercle…
– Ils m'enseignent tellement de choses passionnantes et cachées au grand public ! Je passe des soirées endiablées où les plus belles filles sont là pour me divertir ! Pourquoi rejetterais-je ça ?
– Ne te laisse pas berner par leurs nombreuses tentations, Toulouse. Crois-moi, il n'est jamais bon pour un homme d'influence de devoir rendre des comptes à une confrérie…

– On boit, on danse, on fait l'amour, rien de bien méchant, au final.
– Ah oui ? Avec qui batifoles-tu ? Ne trouves-tu pas que leurs demoiselles sont de plus en plus jeunes ? Ne trouves-tu pas qu'elles sont de plus en plus noyées dans les vapeurs d'une quelconque drogue ? D'ailleurs, il n'y a pas que du champagne qui circule à présent, non ? Puis, sache que des photos, des vidéos sont prises à ton insu. Avec ces preuves, ils pourront bientôt faire ce qu'ils veulent de toi ! Fuis-les, Toulouse. Tu n'as pas besoin d'eux pour réussir ta vie. Rappelle-toi, c'est eux qui te veulent dans leur camp. Ainsi, tu leur rapporteras de l'argent, du pouvoir, du prestige. Tandis que toi, tu t'es fait tout seul, Toulouse. Quitte ces maudits « gentlemen »... Pars pendant qu'il en est encore temps !
Les hurlements de joie d'un groupe d'enfants interrompirent soudain leur discussion.
Le véhicule hippomobile avait dépassé les premières habitations de la ville.
Euphoriques, une douzaine de jeunes couraient à côté des chevaux en criant.
– Nous sommes arrivés, dit Charles.

  Asie, Afrique, Australie, Amérique, Europe...
Il n'est pas un seul continent qui ne reçut la visite tant attendue du convoi dirigé par Toulouse et Charles de Vanves.
Partout où les deux hommes s'arrêtaient, ils étaient accueillis avec des salves d'applaudissements. En

outre, il fallait réserver les tickets de nombreux mois à l'avance, sous peine d'être refusé à l'entrée.
Tous conquis par la grâce et l'exotisme de cet être abyssal, les visiteurs ne tarissaient pas, ils affluaient de chaque région du globe !
Malgré les conditions déplorables de sa captivité, Gliline ne dépérissait pas dans sa bulle de verre.
Elle demeurait lumineuse et fascinait quiconque venait la voir.
Les articles de presse et les interviews à son sujet étaient constamment relayés dans les médias. Personne ne pouvait ignorer son histoire ni l'existence de son peuple marin.
Elle fut même à l'origine d'un nouveau mouvement religieux dont les adeptes, en guise d'offrandes, jetaient dans la mer des images à son effigie gravées sur des coquillages…
Toulouse put enfin dévoiler au public les innombrables photos qu'il avait prises d'elle lors de ses plongées.
D'immenses reproductions de l'ondine nageant au milieu des plantes aquatiques étaient exposées dans un musée construit en son honneur.
Aussi, Gliline devint la coqueluche des professionnels de natation qui arboraient sa silhouette sur leurs maillots de bain.
Quant à Toulouse, il fut nommé « personnalité préférée de l'année » ! Les interprétations musicales qu'il offrait lors de chacune des représentations séduisirent bon nombre de spectateurs.

Gliline et Toulouse se retrouvaient au cœur d'un tourbillon d'attentions venant de toutes les nations. Pragmatique, Charles se complaisait dans la gestion, plus discrète, de cette entreprise florissante.

Toulouse se prélassait dans le jacuzzi de sa chambre d'hôtel quand quelqu'un frappa à la porte.
— Entrez ! cria-t-il depuis la salle de bain.
Un membre du personnel pénétra dans la pièce :
— Excusez-moi de vous importuner, M. Materla. Une lettre à votre attention vient d'arriver. Il me semblait important de vous la remettre sans attendre.
— Vous avez bien fait. Donnez-la-moi.
L'homme s'exécuta puis s'éclipsa.
Toulouse sécha ses doigts pour décacheter l'enveloppe.
Dès qu'il la vit, il reconnut l'écriture de son ancienne petite-amie.
— Sanne…, murmura-t-il, penaud.

« *Toulouse,*
Je ne m'adresse pas à l'individu égoïste que tu es devenu. Si j'écris, c'est à mon amour d'autrefois, au merveilleux Toulouse qui a disparu le jour du naufrage.
En regardant les infos, j'ai enfin compris la raison de ce changement radical dans ta personnalité.

Je n'ai jamais aimé les sirènes, ni tous les récits qui parlent de ces créatures marines... Elles sont néfastes pour les humains.
Cette « Gliline » a détruit ton existence autant que la mienne, Toulouse.
Elle t'a ensorcelé et te maintient encore toujours en son pouvoir !
C'est une évidence. Si tu ne souhaites pas ouvrir les yeux sur cette réalité, tant pis pour toi. Au moins, je t'aurai prévenu. Ainsi, il ne sera pas dit que je t'aurai lâchement abandonné dans cette situation.
Soyons objectifs : cette sirène, la renommée et l'argent qu'elle t'apporte sont une malédiction et non une chance.
Regarde ta vie, Toulouse... Tu as perdu ta maman, tes amis et moi, alors que je t'aimais tel que tu étais.
Oserais-je préciser que tu t'es perdu toi-même ?
Or, te voilà entouré de femmes vénales et plus seul que jamais.
Mais tu es riche. Immensément riche. Cela en vaut-il la peine ?
Un dernier conseil : fuis. Quitte ce monstre, arrête définitivement tes représentations. Et pars loin de cette célébrité illusoire.
Pars sans te retourner. »
Bouleversé par cette lettre déstabilisante, Toulouse la déchira avec rage, avant d'envoyer valser les morceaux dans l'eau bouillonnante de la baignoire.

Alors que le public était installé autour d'une scène circulaire occultée par un épais rideau bleu, les projecteurs de la salle s'éteignirent.
Impatients de découvrir la créature, les spectateurs firent silence. Le lourd drapé outremer se leva lentement, laissant apparaître la luminescence surnaturelle de la sirène...
L'ondine se mouvait dans sa sphère transparente tandis que les notes aériennes d'un piano se faisaient entendre.
Elle semblait danser sur cet air presque abstrait.
L'instrument de verre était à peine éclairé de l'intérieur, quelques LED permettaient d'en cerner le contour.
Les gens du premier rang se penchèrent plus avant, voulant mieux voir la belle aux reflets phosphorescents.
Toulouse faisait virevolter ses doigts sur les touches et improvisa une mélodie d'une douceur apaisante.
Enfin, la lumière se fit sur l'aquarium sphérique. Gliline eut un mouvement de retrait, toujours surprise de découvrir tant de visages inconnus.
Elle observait leurs expressions de stupeur tandis que les humains la scrutaient avec fascination.
La luminosité de son corps gélatineux variait minute après minute, le spectacle aurait pu durer une éternité sans jamais se répéter...
Quelques flashs, de temps à autre, venaient perturber cette parenthèse enchantée.

Quand soudain, brisant cette harmonie parfaite, l'explosion d'un pétard retentit à un mètre de l'aquarium !

La fumée blanchâtre effaça un court instant la vision du piano et de son interprète sidéré.

Une voix de femme se fit alors entendre dans la foule :

– C'est une honte !! hurla une adolescente au crâne rasé. Quel scandale d'emprisonner ainsi un être vivant !

Toutes les têtes se tournèrent vers la jeune femme habillée de noir.

– Maintenir cette sirène en captivité est inhumain ! Comment peut-on laisser faire cela sans réagir ? Cette créature porte un nom, elle a peut-être une famille qui l'attend ! Peut-être même a-t-elle des enfants qui se meurent sans elle… Toulouse, vous êtes ignoble ! Vous vous engraissez sur le dos de cette innocente victime.

La jeune punk quitta les fauteuils de la salle pour se diriger vers l'aquarium en brandissant le poing vers le ciel.

– Venez tous ! Rejoignez-moi ! Boycottons ce spectacle d'esclavagistes ! Nous ne pouvons tolérer un jour de plus l'exploitation d'un être doué de sensibilité…

Un silence de mort suivit son appel au ralliement.

Les spectateurs demeuraient médusés. Trop de beauté suivie de trop d'émotion, les gens étaient écrasés par le poids de ce qu'ils vivaient pour pouvoir réagir à chaud.

Charles, assistant à la scène, s'empressa d'appeler les vigiles de l'entrée. Une minute plus tard, deux hommes massifs pénétrèrent dans la salle pour se jeter sur l'agitatrice.

– Lâchez-moi ! J'ai le droit de m'exprimer ! Personne ne peut cautionner une telle monstruosité ! C'est un devoir que d'empêcher ce genre de représentation… Libérons la sirène ! Qu'elle retourne dans son vaste océan ! Libérons Gliline !!

La muselant de sa main, le vigile empêcha la rebelle de poursuivre ses esclandres, tandis que son confrère lui maintenait les bras derrière le dos.

Le show s'arrêta net.

Dérouté, le public quitta silencieusement la salle une fois la jeune femme emmenée par les deux vigiles.

– Une vraie folle ! marmonna Charles à l'oreille de Toulouse.

Le pianiste ne répondit pas. Il était encore secoué.

– Allons, mon ami, poursuivit Charles. La soirée est à nous, maintenant ! Je t'invite dans un restaurant ultra chic ! Suis-moi.

Une chanteuse portant une robe constellée d'étoiles en strass entonna un air d'opéra.
Toulouse et Charles festoyaient dans le « Sky Light » situé au dernier étage d'un building de Manhattan.
Devant eux, une table où s'amoncelaient des verres remplis de liqueurs variées et des tapas à moitié entamés.
Charles se balançait sur sa chaise en fumant un épais cigare empestant le tabac.
À côté de lui, son ami écoutait passivement les banalités débitées par deux séduisantes courtisanes.
Les demoiselles se pressaient contre Toulouse, l'une pendue à son épaule et l'autre lui faisant les yeux doux.
– Je te commande un autre verre d'absinthe, mon chéri ? proposa la rouquine.
– Allons, Toulouse, as-tu perdu ta langue ? insista la seconde, voyant que l'homme demeurait muet.
– Vu ce qu'il a bu ce soir, son esprit doit être complètement embrumé, pouffa-t-elle.
– Lâchez-moi !!!
Toulouse cria si fort que la cantatrice s'interrompit au beau milieu d'une note. La plupart des clients se retournèrent vers l'homme qui venait de crier.
Excédé, Toulouse se leva en titubant, renversant plusieurs verres malgré lui…
Ne comprenant rien à la scène, Charles le tira par la manche afin qu'il se rassoie.
– Enfin… Qu'y a-t-il, Toulouse ?! murmura-t-il, gêné.

– Il y a que je ne supporte plus de vivre comme un nomade ! Je veux retourner chez moi et faire de la plongée toute la journée ! lui avoua Toulouse.
– P… Pourquoi pas, mon ami… Nous en discuterons demain…
– Non ! Il n'y a rien d'autre à dire ! Je veux rentrer en France pour retrouver ma maison au bord de la mer.
La chanteuse d'opérette avait repris son récital, les serveurs se remirent à parcourir la salle afin de se délester de leurs plats brûlants.
– J'ai besoin de prendre l'air, conclut-il.
Sans plus d'explication, Toulouse abandonna les convives de sa table et quitta le Sky Light, non sans emporter sa bouteille d'absinthe.

Le chauffeur de taxi déposa Toulouse devant son camping-car métallisé.
L'homme paya grassement le conducteur puis le regarda s'éloigner sans réagir.
Un ciel noir d'encre surplombait le convoi garé dans la cour d'un hôtel prestigieux.
Les six chevaux se reposaient dans une écurie non loin de là.
Vu l'heure tardive, tout était calme, la majorité des volets de l'hôtel étaient clos.
L'air décidé, Toulouse marcha prestement vers la nacelle où était enfermé l'aquarium sphérique.
Après avoir cherché les clés en pestant, il ouvrit la double porte qui donnait sur la sphère de verre.

La sirène se plaqua contre la paroi du fond, effrayée par cette intrusion nocturne.

Momentanément aveuglée par la lumière du lampadaire, elle ne reconnut pas tout de suite la silhouette en contre-jour de Toulouse.

Il s'approcha de l'énorme bocal et y posa son front fiévreux.

Toulouse regarda longuement la captive en train de flotter, illuminée par sa propre lumière.

Dans sa poche, son portable se mit à vibrer. L'homme prit l'appareil et vit que Charles cherchait à le joindre.

Il fit glisser son doigt sur l'écran afin d'afficher la liste de ses contacts. Des larmes plein les yeux, Toulouse pianota alors le numéro de France.

– Maman…, murmura-t-il tandis que la sonnerie se faisait entendre. J'ai besoin de ton aide… Je suis perdu. Quels choix de vie pourrais-je faire pour retrouver ma joie ? Ni ma fortune ni la gloire ne m'ont rendu heureux…

Néanmoins, lorsque l'interlocutrice décrocha, à l'autre bout du fil, Toulouse raccrocha à la hâte, terrorisé à l'idée de revenir vers celle qu'il avait autrefois cruellement rejetée.

– Sois maudite, Gliline !! pesta-t-il. Je te hais !

L'homme, submergé par une colère incontrôlable, se pencha vers le sol afin d'y ramasser une pierre de la taille d'un pavé.

Ainsi armé, il donna plusieurs coups sur le verre fragile…

Ce dernier céda en émettant un fracas qui fit s'allumer plusieurs fenêtres de l'hôtel !

La pression étant devenue trop forte, un torrent de liquide salé jaillit par la fente et le trou s'accentua davantage...

L'aquarium fêlé se vidait en un flot régulier. Gliline, à l'intérieur, luttait pour ne pas être projetée vers la vitre brisée, le courant l'y poussant inlassablement.

Les parois de verre finirent par céder, l'aquarium se trouva comme éventré.

Une fois l'eau en deçà de l'ouverture tranchante, l'écoulement cessa. Alors, profitant de l'occasion inespérée, la sirène se dirigea vers cette sortie improvisée.

Elle tendit le bras vers l'homme hagard en l'implorant :

– Toulouse... S'il te plaît, aide-moi...

Charles venait de rejoindre les lieux. Il descendit du taxi avec empressement et courut pour tirer Toulouse hors de l'emprise de la sirène.

– Ne la touche pas ! cria-t-il, haletant. Elle pourrait être dangereuse...

– Qu'importe..., maugréa Toulouse. Cette sorcière peut me tuer, cela m'est bien égal ! J'exècre mon existence.

– Mais tais-toi donc, idiot... J'appelle du renfort, conclut Charles.

CHAPITRE 9
Stabilisation.

La tournée mondiale s'était interrompue brutalement.

Une équipe de pompiers avait improvisé un bassin rempli d'eau de mer afin d'y baigner Gliline le temps qu'on lui confectionne un nouvel aquarium sur mesure.

L'euphorie des débuts n'étant plus, Toulouse et Charles avaient annoncé publiquement que leur convoi rentrait en France et qu'ils se retiraient quelques mois afin de repenser le spectacle.

Toulouse retrouva, avec une joie non contenue, sa splendide maison ainsi que sa terrasse donnant sur l'océan.

Il eut tout de même un pincement au cœur en se remémorant la bonne humeur que Blue Maria ne manquait pas d'apporter à son quotidien.

Un jour, alors qu'il méditait à l'ombre du magnolia de son jardin, Toulouse entendit résonner la sonnerie de sa porte d'entrée.

Au volant de sa luxueuse voiture, Charles pénétra dans la cour intérieure.

– Grimpe, Toulouse ! annonça-t-il, gaiement, sans même sortir du véhicule. Je t'emmène voir notre chef d'œuvre ! Il est enfin terminé !!

L'homme ne se fit pas prier et s'installa à côté de son ami.

La voiture démarra en trombe pour se retrouver un peu plus tard en train de serpenter sur la route du littoral.

Ils rejoignirent finalement le centre-ville.

À peine eurent-ils garé le véhicule qu'ils se dirigèrent vers les ruelles tortueuses gorgées de soleil.

Guilleret, Charles devançait son collègue, lui indiquant ainsi le chemin.

– Tu ne vas pas en croire tes yeux ! s'enorgueillit-il.

Enfin, les deux hommes s'arrêtèrent devant le magnifique restaurant nommé : « **Abyssal Mermaid Bar** ».

– Les architectes ont fait un travail remarquable ! poursuivit Charles de Vanves. La soirée d'ouverture est prévue pour vendredi prochain ! J'ai déjà envoyé le communiqué de presse et nous avons des dizaines de demandes d'interviews… Enfin, je me tais pour que tu puisses admirer la décoration du lieu !

Le mur donnant sur la rue était entièrement fait de verre. Une gigantesque plaque bleutée faisait office de façade, la porte étant l'unique élément mobile de cette vitrine transparente.

Ce verre épais était constellé d'un réseau de LED multicolores. Leurs scintillements continus formaient le nom du bar et reproduisait à la perfection la silhouette opalescente de Gliline.

– Et le meilleur est à l'intérieur !! continua Charles, ravi par l'émerveillement qui se lisait sur le visage de son collègue.

La porte vitrée s'ouvrit sur un couloir sombre dont seules les immenses photographies sur Plexiglas étaient illuminées.

– Mais… Tu as exposé mes photos ? s'étonna Toulouse.

– Exact ! Elles sont incroyables, il fallait que les gens puissent les admirer. N'ai-je pas eu raison ?

Toulouse s'approcha d'un agrandissement dont la largeur dépassait deux mètres et y fit glisser sa paume. Il caressa la surface froide du Plexiglas, appréciant la précision des détails. Le rétro-éclairage accentuait encore la richesse des teintes du fond abyssal.

Chaque image représentait les profondeurs marines dans lesquelles déambulait sa sirène.

Les photos, prises à l'insu de Gliline, avaient été capturées par un minuscule appareil accroché à une bague.

Cette allée à l'atmosphère bleutée était la transition idéale entre le monde terrestre et l'univers maritime dans lequel s'enfonceraient les futurs visiteurs…

– Viens ! Au bout du couloir, il y a la pièce maîtresse de notre restaurant ! déclara Charles en accélérant le pas.

Silencieux, Toulouse traversa le couloir avant de pénétrer dans la vaste salle.

Un aquarium circulaire encerclait la totalité de la salle. Il faisait office de mur arrondi, enveloppant les nombreuses tables de ses reflets mouvants.

– Pieuvres, méduses, algues rares, poissons tropicaux et, bien sûr, le joyau de notre établissement : la lumineuse Gliline ! énuméra Charles en montrant du doigt les différentes créatures évoluant dans les eaux claires.

La sirène nageait lentement au milieu de cette flore artificielle.

– Un tapis pour atténuer les bruits de pas des serveurs, une musique à peine audible, notre restaurant sera le temple du silence ! expliqua Charles. Les gens viendront s'alimenter autant que se ressourcer. Écoute cette ambiance feutrée que rien ne vient perturber ! N'est-ce pas parfait pour apprécier les mets gastronomiques de notre excellent cuisinier ?

– Oui, cet endroit est magnifique, admit Toulouse, satisfait. J'ai eu raison de te confier la réalisation de ce lieu, Charles. Tu as donné le meilleur de toi-même…

– Dorénavant, nous n'aurons plus besoin de nous déplacer, car les visiteurs afflueront des quatre coins du monde pour venir voir cette merveille !

La porte du couloir s'ouvrit, laissant apparaître une jolie femme asiatique. Elle posa ses mains sur les hanches, en s'exclamant :

– Alors, les gars, on débute la visite sans moi ?!

Irène portait un ensemble asymétrique taillé dans du satin. Seule sa bouche vermeille était maquillée. Une frange nette et parfaitement coupée soulignait la dureté de ses yeux en amandes.
– Bravo, mon chéri ! susurra-t-elle en enlaçant Toulouse. Cette solution est, de loin, la meilleure. Pourquoi se fatiguer à parcourir les continents quand le public paierait pour venir jusqu'à toi ?
Sans attendre de réponse, Irène se dirigea vers Gliline afin de marcher quelques mètres en vis-à-vis.
– Petite créature des mers… Tu vas faire notre fortune !
– Erreur, Irène, intervint Toulouse. Elle va faire ma fortune.
Charles le regarda, fronçant les sourcils :
– Je n'aime pas quand tu parles mal aux gens.
– En particulier aux dames…, précisa Irène, vexée.

La salle de l'Abyssal Mermaid Bar grouillait de monde ; la soirée d'ouverture battait son plein.
Des stars de cinéma, de nombreux journalistes et quantité d'autres hôtes de marque avaient été conviés aux festivités.
Un quatuor de chanteuses vêtues de robes en silicone incrustées de LED électrisaient l'atmosphère de leurs chants.
Leurs voix suaves parachevaient l'extase du spectacle de la véritable sirène…

Les lumières tamisées donnaient à l'ensemble une aura digne des profondeurs océaniques que seule la phosphorescence des poissons irisait.

Une clientèle de luxe, avec rivières de diamants et costumes trois pièces, se délectait de ce restaurant hors norme.

Charles, loquace, s'amusait à répondre aux insatiables questions des journalistes. Quant à Toulouse, il était heureux de n'avoir aucun rôle à jouer. Il avait fermement refusé de reprendre ses improvisations au piano. Dorénavant, il éviterait toutes représentations publiques.

Appuyé contre la vitre du gigantesque aquarium, Toulouse observait sa nouvelle réussite.

À sa gauche, Irène se pavanait dans une robe de gala d'un rouge sanguin.

Soudain, passant juste derrière lui, Gliline s'arrêta de nager. L'ondine s'approcha de Toulouse sans qu'il ne s'en aperçût. L'épaisseur de la vitre séparait leurs deux mondes d'une manière implacable.

La sirène demeura immobile, flottant doucement dans le liquide salin.

– Toulouse…, dit-elle par télépathie.

Trop absorbé par la contemplation des clients riant et dégustant coupes de champagne et mets délicats, l'homme ne perçut pas l'écho des paroles télépathiques.

– Es-tu heureux, Toulouse ? répéta-t-elle, le visage proche du sien.

L'expression de l'homme changea en un instant. Il perdit son sourire satisfait et un voile humide embua son regard.
– Est-ce là, la vie idéale dont tu as toujours rêvé ? continua-t-elle mentalement.
Outré par cette remarque acerbe entendue de lui seul, il se retourna vers Gliline d'un geste sec.
Comment parvenait-elle à distiller ainsi le doute en lui alors même qu'il était si fier de sa brillante situation ?!
Énervé au plus haut point, Toulouse décida de quitter le restaurant sur le champ. Préférant de loin la solitude de son appartement à l'euphorie qui régnait à l'Abyssal Mermaid Bar.

Lorsque Toulouse voulut glisser sa clé dans la serrure de sa porte d'entrée, il se figea d'effroi...
Le barillet de la serrure manquait ; l'objet métallique avait été ôté à coup de burin !
L'homme n'eut qu'à poser sa main sur la porte pour que celle-ci s'entrouvrît sans effort.
Sa montre affichait minuit passé de quarante minutes. La femme de ménage avait dû s'en aller bien avant vingt heures, laissant l'habitation sans surveillance.
– Pourquoi, diable, mon alarme ne s'est-elle pas déclenchée ?! pesta Toulouse. À coup sûr, la domestique a encore oublié de l'actionner en partant...
Tremblant, Toulouse alluma les lumières du hall.

Tout semblait désert, les placards grands ouverts débordaient d'habits jetés au sol par les intrus.

Dépassant sa frayeur, il parcourut à tâtons les quelques mètres qui le séparaient du salon.

Un silence oppressant régnait dans la pièce dont il se hâta d'allumer le lustre.

Une lumière crue éclaira le champ de bataille qu'était devenue la pièce principale…

Les tiroirs étaient renversés, la piscine était jonchée de boîtes et de tissus épars, le contenu des armoires s'étalait à présent sur le sol.

Ses photographies murales avaient même été lacérées au couteau ! Ainsi réduites en lambeaux, elles ne ressemblaient plus à rien.

Toulouse se précipita dans sa chambre afin de voir si les voleurs avaient eu le temps de la visiter aussi.

Son matelas king size était posé en travers du sommier, sa penderie, telle une plaie béante, semblait victime d'une hémorragie vestimentaire…

Le lourd coffre-fort avait été forcé ; les cambrioleurs étaient parvenus à l'ouvrir.

Excepté quelques documents administratifs sans valeur, l'argent et les trésors offerts par Gliline avaient tous disparu.

Anéanti par cette intrusion dans son espace privé, Toulouse sentit monter en lui une peur dévorante et une puissante haine envers le monde entier !

Une idée lui vint alors à l'esprit ; la seule personne qui parviendrait à l'apaiser en lui prodiguant des conseils bienveillants était sa mère.

Il avait maintes fois essayé de la recontacter sans jamais aller au bout de son geste. Pour autant, cette fois, il trouverait le courage de l'appeler !

Désemparé, Toulouse composa son numéro de téléphone.

Cela faisait plusieurs années qu'il ne l'avait plus vue, néanmoins sa mémoire n'avait pas effacé cette succession de huit chiffres.

– Allo ? dit une voix masculine au bout du combiné.

Toulouse, désorienté par ce timbre de voix inconnu, balbutia quelques mots :

– Je... Allo ? Maman ?

– Il s'agit d'une erreur, jeune homme. Pour sûr, je ne suis pas votre mère.

– Excusez-moi... Je me suis trompé de numéro.

Toulouse raccrocha.

Il patienta quelques minutes avant de composer à nouveau le numéro.

Quand la voix masculine lui répondit pour la seconde fois, Toulouse fut parcouru d'un frisson :

– Suis-je bien chez France Materla ?

– Ah oui, s'exclama l'interlocuteur. Il s'agit de l'ancienne propriétaire du manoir. À présent, le maître des lieux, c'est moi.

– Comment ?! Mais... où est-elle ?

– Je l'ignore, monsieur. Elle a disparu du jour au lendemain sans laisser d'adresse. Un beau matin, elle a tout abandonné : sa maison, ses affaires, ses toiles, tout ! Les voisins ne savent pas ce que Mme Materla

est devenue. Sacrebleu, elle avait donc un fils ! Pourquoi ne vous êtes-vous jamais manifesté ?
– Je… Nous étions en mauvais terme et…
– Franchement, quelle tristesse ! Personne n'a déposé un avis de recherche aux autorités ! J'ai dû vider moi-même ce gigantesque manoir.
– Qui êtes-vous, monsieur ?! se fâcha Toulouse. De quel droit vous…
– Oh, je n'allais pas laisser cet endroit à l'abandon. Je passe ma vie à squatter diverses habitations délaissées par leurs occupants. Or, quand j'ai eu vent de cette magnifique bâtisse vide de toute présence humaine, j'ai accouru, vous pensez bien ! Quelle ne fut pas ma surprise en découvrant les tableaux de votre mère ! Ils étaient entassés les uns sur les autres, recouverts de poussière. Un vrai gâchis ! J'ai alors décidé d'investir les lieux en transformant cet espace en une galerie d'art.
– Quoi ?!
– Oui, je n'en suis pas peu fier, je vous l'accorde, poursuivit l'étranger. La moitié du château me sert d'habitation, quant à l'autre partie, elle accueille régulièrement des visiteurs amateurs de peinture. Et puis l'aura de mystère qui entoure la disparition de cette artiste marginale augmente encore l'attrait pour son œuvre. Toutefois, si vous êtes de la famille, je vous invite à venir récupérer ses affaires et ses nombreuses toiles. Cela vous revient de droit, bien entendu. Au fait, pourquoi vous êtes-vous décidé à l'appeler aujourd'hui ?

– Je... J'ai été victime d'un vol et j'avais besoin de son aide.
– Ah. Je vois. Vous êtes le genre de fils ingrat qui ne se soucie de son entourage que lorsqu'il en retire un quelconque intérêt.
Consterné par le naturel avec lequel l'homme l'avait injurié, Toulouse en resta bouche bée.
– Mon avis, monsieur, reprit l'inconnu, est que vous devriez informer la police de cette infraction, ainsi elle rédigera une déclaration de vol. Rapport aux assurances, tout ça, tout ça. Sinon, il circule tout de même une rumeur concernant votre maman... Elle aurait traversé l'Europe et l'Asie à pied, paraît-il, afin de se rendre au Tibet pour finir sa vie dans un temple ! Sans doute aura-t-elle préféré passer son temps à méditer et à contempler la beauté pure et absolue de l'univers... Du moins, il s'agit là de ce que colportent les villageois.

La salle de l'Abyssal Mermaid Bar était plongée dans l'obscurité. Seules les auras lumineuses de Gliline et des quelques poissons phosphorescents ressortaient de la pénombre.
La sirène semblait dormir à poings fermés, son corps inerte se reposait entre les tentacules du poulpe géant. D'un geste brusque, Toulouse ouvrit la porte de la pièce. Sa silhouette se dessina en contre-jour dans l'embrasure.

Puis, toutes les ampoules s'allumèrent en même temps.

Réveillée en sursaut, Gliline eut la présence d'esprit de se cacher derrière un rocher factice.

L'homme, en équilibre instable à chacun de ses pas, dévala l'escalier qui menait aux tables du restaurant.

La chemise ouverte sur son torse haletant, Toulouse dévisagea la sirène de ses yeux rouges de pleurs.

– Je t'exècre, Gliline !! hurla-t-il alors, la pointant de son index accusateur. Ton amour pour moi a causé ma perte...

Tombant des nues, l'ondine secoua machinalement la tête, refusant d'écouter les paroles qui sortaient de la bouche de son aimé.

– Maudit soit le jour où tu as croisé mon chemin ! cracha-t-il, en faisant crisser ses ongles sur la paroi de verre. Oui, j'étais pauvre... Mais j'étais en paix à l'intérieur de moi-même ! J'avais des valeurs morales, j'étais digne. Puis tu es arrivée et tu m'as rendu vénal. Tu as exacerbé mon avidité en m'offrant toujours plus de richesses. Tentatrice !! Tu es une tentatrice, Gliline. J'ai succombé à ton chant de sirène et j'ai plongé, tête baissée, dans le piège de la matérialité et de la consommation à outrance. Esclave de mes désirs insatiables, j'ai été jusqu'à t'exploiter... Toi, un être vivant. Un être égoïste, certes, mais un être vivant qui mérite le respect et la liberté. Je t'ai ôté cette liberté pour obtenir toujours plus d'argent, de gloire et de prestige ! Tu es responsable de mon malheur, damnée ensorceleuse ! Tu m'as vidé de mon humanité, tu m'as rendu ignoble. Je suis devenu la pire version de moi-même… Toi qui disais m'aimer, tu as révélé la noirceur qui sommeillait au plus profond de moi. Je te hais pour cette image intolérable que je renvoie, à présent, au monde. La faute à ton amour possessif ! Tu aurais dû m'ignorer et rester parmi les tiens ! Notre union ne sera jamais possible, or tu m'as envoûté ! Tu m'as gardé sous ton emprise tout ce temps… Rends-moi ma liberté et je te rendrai la tienne, Gliline.

Le front collé à la vitre, Toulouse faisait face à sa sirène.

– Affranchis-moi de cette vie gâchée…, balbutia-t-il en sanglotant.

Bouleversée, Gliline donna un coup de nageoire pour s'approcher de l'homme. Néanmoins, ce dernier recula de quelques pas tellement son dégoût était devenu viscéral.

Aussi, ne voyant pas le pied d'une chaise, Toulouse trébucha. Tandis qu'il se sentit vaciller, il s'agrippa à la nappe et en fit glisser le contenu par terre…

Affalé sur le tapis humide, Toulouse gisait, immobile, entre les débris d'une carafe d'eau, d'assiettes et de verres renversés.

En proie à son délire, il vit soudain la sirène traverser le mur transparent de son aquarium pour le rejoindre…

Gliline pouvait même le toucher à présent. Son corps mou se pressait contre celui de l'homme à terre. De

ses longs doigts scintillants, elle caressa le visage de Toulouse.
– Mon aimé, commença-t-elle avec lenteur. Est-ce réellement moi ou plutôt l'argent et son attrait qui t'ont fait renier qui tu étais ? Je t'offrais mon amour ou, au moins, mon amitié. Une amitié hors du commun. Quand toi, tu ne voyais en moi qu'une poule aux œufs d'or... Est-ce vraiment ma faute ? Suis-je l'unique responsable de ton malheur, Toulouse ? Ou suis-je la victime de ton avarice et de ton égoïsme exacerbé ? N'es-tu pas aussi à blâmer ?
Terrorisé de voir la captive s'être libérée de sa prison, Toulouse fut incapable de proférer le moindre mot.
Elle était si proche de son visage baigné de larmes qu'elle percevait son souffle chaud telle une invisible caresse.
Gliline murmura :
– Pardonne-moi...
Elle décida de conclure sa phrase en l'embrassant tendrement sur les lèvres.
Recevant ce baiser inattendu, Toulouse écarquilla les yeux de surprise.
Puis, ses émotions intenses l'ayant rendu ivre de douleur, la vision de l'homme se brouilla et il s'effondra sur le tapis.

CHAPITRE 10
Abandon.

Charles de Vanves était penché au-dessus de son ami toujours inconscient.
Il tapota fébrilement sa joue, espérant le sortir de son coma éthylique.
– Où est-elle ?!! cria-t-il dès que Toulouse entrouvrit les paupières.
L'homme s'assit par terre, au milieu de la vaisselle cassée. Il toussa puis se frotta les tempes avec vigueur, tentant vainement de faire disparaître son mal de crâne.
– Où est Gliline ?! répéta Charles, furieux.
L'esprit encore nauséeux, Toulouse tourna la tête vers l'aquarium et bredouilla :
– Mais… Là… Dans l'eau, bien sûr.
– Tu délires, mon pauvre ! Non, elle a disparu !
Déconcerté, Toulouse se releva avec peine afin de mieux voir le contenu de l'aquarium.
– Disparue ? interrogea-t-il, refusant d'y croire.
Retrouvant enfin sa vigueur, il scruta le bassin de fond en comble, se baissant puis se dressant sur la pointe des pieds afin d'observer chaque centimètre cube d'eau… Néanmoins, il dut bien admettre que la sirène ne se trouvait nulle part !

Pourtant les parois de verre demeuraient intactes, il n'y avait ni brisure ni fêlure, rien qui aurait pu laisser s'échapper la prisonnière.

Une femme de ménage entra discrètement dans la salle avec son matériel de nettoyage afin de ramasser les débris de vaisselle. Sans même la voir, Toulouse se dirigea vers l'escalier et la bouscula en passant.

Il traversa à toute allure le long couloir qui menait à l'extérieur. Les rayons brûlants d'un soleil de midi lui réchauffèrent le visage, toutefois il les perçut à peine. Son attention se focalisait sur la disparition inexpliquée de Gliline…

Fiévreux, Toulouse parcourut le dédale des rues au pas de course, avide de rejoindre la plage.

L'image de l'ondine envahissait son esprit troublé, sa voix enivrante interférant sans cesse avec ses propres pensées…

Au détour d'une avenue, il faillit se faire renverser par une voiture. Alors que le chauffeur furieux sortait du véhicule en l'injuriant, Toulouse poursuivit sa course effrénée vers la mer.

Enfin, le bruit des vagues parvint à ses oreilles.

L'océan s'offrit à sa vue.

Il descendit l'escalier de la digue afin de marcher sur le sable.

Quelques mouettes rieuses survolaient la plage.

– Gliline !! cria-t-il face à l'immensité.

Seul le souffle frais du vent sembla lui répondre.

– Reviens ! ordonna-t-il avec rage.

La brise s'estompa, laissant place à un silence vertigineux, un silence qui oppressa le cœur de Toulouse, un silence accroissant encore le sentiment de solitude extrême qui l'enveloppait soudain.
Le visage défait, Toulouse cria le nom de sa sirène d'innombrables fois.
Au bout d'une heure, il se résolut enfin à se taire, faisant face, seul, à son nouveau destin.

Charles, un chapeau blanc sur la tête, était assis à la terrasse d'un café.
Il discutait tranquillement avec une jeune femme aux cheveux noirs. Tous deux savouraient un cocktail abondamment garni de fruits exotiques.
La chaleur de l'été était omniprésente, un ventilateur tournait sans relâche, rafraîchissant par intermittence les clients du bar.
Blue Maria riait aux blagues de Charles de Vanves.
Les deux amis passaient un moment de détente en se remémorant de vieux souvenirs.
– Et Toulouse ? demanda-t-elle en agitant un éventail. Que devient-il ?
– Bah… Comme d'habitude. Il arpente la plage de long en large, espérant retrouver sa sirène. Mais elle ne reviendra pas. On l'a traumatisée, la pauvre !
– Cette créature des fonds marins a bien fait de quitter nos vies. Elle n'avait pas sa place parmi le monde des humains.

– Va dire ça à Toulouse ! sourit Charles. D'ailleurs, tu aurais du mal à le reconnaître, aujourd'hui... Il a laissé pousser sa barbe depuis des mois et il ne coupe plus ses cheveux. On dirait Robinson perdu sur son île déserte.

Blue Maria se perdit un moment dans la contemplation de l'océan qu'on voyait au loin, le bar étant installé sur la digue, face à la plage.

– Ainsi, il passe son temps à déambuler le long de la mer ?

– Oui. En revanche, il s'est remis à peindre. Sur la plage, évidemment. Non pas les autoportraits bariolés qu'il faisait étant jeune, maintenant il dessine la mer, la mer et encore la mer !

– Je serais curieuse de découvrir ses toiles... Les aimes-tu ?

– Elles m'émeuvent. Je ressens une telle nostalgie quand je les observe. Cela me rend presque triste certaines fois. Toulouse a l'art de dépeindre des vagues dont l'écume semble s'agripper au sable mouillé, comme si elles refusaient de mourir. C'est beau à en pleurer.

– Vous êtes toujours amis, alors ?

– Bien sûr ! déclara Charles. Mais il n'a pas que moi, tu sais.

– Je... Je pensais qu'il avait fait le vide autour de lui.

– En effet, cependant, il y a cette fille qu'il a rencontrée... Elle est folle amoureuse de lui.

– Et lui ? demanda Blue Maria, soudain très sérieuse.

– Oh, tu sais. Si elle ne scintille pas dans l'obscurité, je doute qu'elle parvienne à rivaliser avec le souvenir de Gliline. Mais bon, on ne sait jamais. Louise est vraiment adorable. Elle l'apaise. Avec elle, il est enfin présent à lui-même, à ce qu'il vit de beau. En fait, Toulouse m'a même parlé de mariage l'autre jour !
– Non !! s'extasia Blue Maria. Je ne parviens pas à te croire ! Aurait-il mûri à ce point ?
– C'est la première femme ignorant qu'il était riche. Elle l'aime vraiment pour ce qu'il est. Et non pour ce qu'il a.
– Elle a raison. Seul cet amour-là rend les gens meilleurs.

Toulouse faisait glisser son pinceau sur la toile. Ses cheveux lâchés dans le vent lui caressaient le visage.
Il rajouta quelques touches de blanc dans le ciel azuré tacheté de mouettes.
Son chevalet flambant neuf était posé sur le sable, dans un coin de dune, à l'écart des vacanciers.
À cette hauteur, il jouissait du large panorama qui s'offrait à lui ; un paysage maritime qu'il aimait reproduire sur sa toile.
En plein ciel, trois mouettes hurlantes se disputaient un poisson d'argent.
Une femme aux cheveux tressés venait de le rejoindre.
– Bonjour Toulouse.

– Ma chérie… Bonjour, répondit-il, l'embrassant affectueusement.
– Cette lumière est tellement belle !
– La lumière du soleil qui se reflète sur l'océan ?
– Tout autant que celle que tu as peinte.
– Oui, la beauté de ce monde m'embrase le cœur. Voilà précisément pourquoi je viens ici chaque jour pour continuer la peinture de la veille.
– Puis-je prendre des photos, mon amour ? demanda-t-elle en posant sa main sur la fermeture éclair de son sac.
Dès que l'homme lui donna son accord, elle sortit un lourd appareil photo et recula afin de saisir la scène dans son ensemble.
Une paix silencieuse irradiait du peintre et de son œuvre inachevée.
Une fois les clichés réalisés, elle rangea le boitier noir et se rapprocha de lui :
– La dernière série que j'ai imprimée est particulièrement réussie. Et, bonne nouvelle : je viens d'avoir la Galerie Rosa au téléphone. Ils veulent exposer mon travail !
– Est-ce vrai, Louise ?! s'exclama-t-il, euphorique.
Il déposa son pinceau et serra la jeune femme entre ses bras.
– Félicitations !!
– Leur calendrier d'exposition étant déjà complet, ils me réservent une place pour l'an prochain, ce qui m'arrange bien. Ainsi, j'aurai le temps de sélectionner, agrandir et encadrer les tirages…

– L'année prochaine seulement ? répéta-t-il songeur.
– Oui. Pourquoi ?
– Te rappelles-tu notre première rencontre, Louise ?
– Nous nous sommes connus ici même. En février.
– Cela fait exactement dix mois. J'étais en train de peindre et tu as voulu me photographier.
– La beauté du paysage et la nostalgie qui émanait de toi m'avaient interpellée…
– J'ai accepté. Puis, nous avons commencé à discuter. Tu m'as parlé de ton métier de reporter et de ton dernier voyage au Tibet.
– En effet, Toulouse ! J'avais adoré cette destination ! Ce pays est magnifique.
– J'ai beaucoup réfléchi, ma douce. J'aimerais qu'on y aille ensemble.
– Quoi ? Au Tibet ?!
– Oui. Et sans tarder. Le mois prochain si c'est possible pour toi.
– Carrément ! Ça me ferait trop plaisir ! dit-elle avec exaltation.
– Par contre, je ne désire pas y aller pour faire du tourisme. En réalité, une personne importante vit là-bas.
– Tiens… Qui ?
– France. Ma mère. Je suis certain que je parviendrai à la retrouver. Surtout si tu m'accompagnes ! J'ai contacté ses anciennes amies. Elles m'ont confirmé que France avait fait un passeport et qu'elle projetait de se rendre dans un ashram des montagnes tibétaines.

– Mener cette enquête va être passionnant, mon chéri !
– Une fois que nous aurons rejoint ma mère, je pourrai lui expliquer que j'ai compris mes erreurs. Et que je lui suis sincèrement reconnaissant de m'avoir laissé la liberté d'expérimenter, par moi-même, les mauvais chemins que j'avais décidé d'emprunter…
Toulouse s'assit en retrait afin de contempler le littoral.
– Vois-tu, ma belle, après le naufrage du yacht, je suis devenu une autre personne. Cette catastrophe fit de moi un individu odieux, à mille lieues de celui que j'étais auparavant. Ensuite, il y eut la découverte de Gliline, suivi des trésors faramineux qu'elle m'apportait chaque jour. J'en perdis presque la raison… J'étais comme envoûté par cette sirène abyssale… Peut-être qu'en me sauvant la vie, un lien fusionnel s'était créé entre nous deux ? Elle me fascinait. J'étais terrorisé à l'idée de la perdre ! Je fus dépendant de cette emprise jusqu'à ce que Gliline disparaisse définitivement.
Son regard scruta les flots, comme s'il espérait apercevoir la lueur violacée de sa sirène.
– J'ai été horrible avec elle. J'ai trahi sa confiance plus d'une fois… Pourtant, je pense que, elle comme moi, avons beaucoup appris dans cette aventure. Ce fut un enseignement douloureux, mais riche de découvertes. En parallèle, il y a eu ces innombrables femmes qui me tournaient autour…

J'étais persuadé qu'elles n'en voulaient qu'à mon argent. Je ne parvenais ni à les aimer, ni même à les respecter. Ma vision du monde était complètement pervertie.
– Impossible de t'imaginer en tombeur sans cœur, Toulouse ! Tu es si différent avec moi…
– Pourtant, c'est bien ce que j'étais devenu. Maintenant que tu es entrée dans ma vie, j'ai retrouvé le bonheur des choses simples. Ta patience, ton amour désintéressé et tes innombrables qualités m'ont permis de renouer avec l'être généreux qui se terrait au fond de moi.
Louise prit sa main et la posa contre ses lèvres.
– Je souhaite que France fasse ta connaissance. Je veux aussi lui annoncer notre mariage. Sa présence à mes côtés lors de cet événement me comblerait de joie. Mais, par-dessus tout, je vais lui demander pardon… Pardon de l'avoir rejetée. Pardon de n'en avoir fait qu'à ma tête. Pardon d'avoir été aveuglé par l'appât du gain. Pardon d'avoir choisi mes propres intérêts avant ceux des personnes si chères à mon cœur.
Sa voix troublée se mua en un sanglot qu'il eut du mal à contenir.
– Lui présenter tes excuses…, répéta Louise en caressant la nuque de l'homme. Selon ce que tu m'as dit à propos de ta mère, je suis persuadée qu'elle t'a déjà pardonné ! Le fait qu'elle ait accepté de partir sans te forcer à changer d'avis ni à comprendre ton erreur, cela prouve qu'elle respecte

tes choix.

Des larmes salées coulèrent le long des joues de Toulouse et se perdirent dans sa barbe.

– Je veux la remercier de m'avoir aimé au point de me donner cette totale liberté, reprit-il enfin. La liberté de me tromper, la liberté d'expérimenter la réalité que j'avais envie de vivre. Cette confiance à toute épreuve est le plus beau cadeau qu'une personne puisse offrir à une autre. En se résignant à s'éloigner de moi, ma mère m'a prouvé qu'elle me considérait comme un adulte capable d'assumer les conséquences de ses actes. Et que, peu importe l'existence que je désirais mener, France l'accepterait, par amour pour moi.

La chevelure blonde de Toulouse était devenue d'un blanc nacré. Sa longue barbe parfaitement entretenue lui cachait le bas du visage.
Le vieil homme marchait sur la plage en portant sur les épaules un garçonnet de trois ans.
L'enfant chantait avec entrain tandis que sa mère et sa grand-mère papotaient à quelques mètres de lui.
Son frère et sa sœur aînés riaient en ramassant les beaux coquillages que le hasard mettait sur leur chemin.
Toulouse regardait la mer, l'air serein. Il adorait cette promenade quotidienne ; il l'effectuait depuis plus de cinquante ans et ne s'en lassait pas.
Le ciel parsemé de nuages floconneux se teintait de rose, le soleil allait bientôt disparaître derrière la ligne d'horizon.
Une brise légère poussait les promeneurs à prolonger encore leur escapade le long du littoral.
Au loin, des rochers s'enfonçaient dans l'océan. Les vagues les immergeaient de temps à autre avec une constance implacable.
Sur ces rochers, imperceptibles à l'œil humain, deux sirènes des abysses se reposaient en observant Toulouse, sa femme, sa fille et ses petits-enfants.
– Les humains sont trop sensibles au charme si particulier des ondines. Je crains l'avoir maintenu

sous mon emprise, bien malgré moi, murmura Gliline en soupirant.
– « Malgré » toi, Gliline, vraiment ? Je pense que t'approprier totalement l'attention de cet être magnifique ne t'a jamais déplu…
Gliline, un peu gênée, se tut.
– Enfin…, conclut Ombe. Quelle belle expérience tu as vécue ! Tu as bien fait de poursuivre cette aventure jusqu'au bout.
– Grâce à Toulouse, j'ai pu découvrir une nouvelle facette de l'Amour. Pas cet attachement égocentrique, basé sur la possession de l'autre mais l'Amour absolu qui consiste à privilégier le bonheur et la liberté de l'être aimé.
– Oui, au lieu de mettre sa satisfaction personnelle en priorité, admit Ombe.
– Comprendre qu'en quittant sa vie, je lui rendais le meilleur des services, voilà qui fut très difficile à accepter…
– Toulouse ignorait qu'une sirène peut disparaître et réapparaître où bon lui semble, pourvu qu'il y ait une goutte d'eau.
– Connaissant le futur, je m'étais bien gardée de lui révéler ce don-là ! sourit Gliline. D'ailleurs, je ne t'ai jamais remerciée d'avoir sauvé Charles… Sans lui, les événements se seraient déroulés différemment.
– Son destin était écrit, rappela Ombe. Charles avait aussi quelques leçons à apprendre. Sa vie de nanti l'avait rendu dépourvu d'empathie et très égocentrique.

– Alors qu'ils se méprisaient cordialement, Charles et Toulouse sont devenus de vrais amis. J'aurais voulu secourir les autres humains à bord, mais ce fut impossible.
– Je sais, moi aussi. Quand même… Tout ce temps passé prisonnière dans un aquarium ! Pourquoi as-tu tellement tardé avant de t'échapper ?
– C'était l'unique façon de rester auprès de lui. Je savais que le jour où je partirais, je le perdrais définitivement. Puis, j'ai réalisé qu'il n'avait pas, comme moi, des milliers d'années à vivre. Alors, je me suis éclipsée après un premier et dernier baiser.
– Ainsi, il a enfin pu profiter pleinement sa vie.
– Toulouse n'a plus jamais mis un pied dans l'océan.
– Il a cessé de te chercher partout sans relâche.
– Pas complètement, Ombe ! Car chaque mois depuis cinquante ans, lors de la pleine lune, Toulouse fait rouler son piano jusqu'à sa terrasse et il y improvise de merveilleuses mélodies durant des heures… En plein air, face à la mer, il fait courir ses doigts sur les touches d'ivoire jusqu'à minuit. Il joue juste pour moi.

Autres parutions du même auteur :

La licorne de Nazareth
— BOD Editions

*L'éveil de la rose :
En quête d'une sexualité consciente*
— BOD Editions

Le dernier conte
— Be Light Editions

Jack l'éventreur n'est pas un homme
— BOD Editions

Framboise et volupté
— Stellamaris Editions

Narcisse versus Lollaloca
— Amazon Editions

Introverti - Extraverti
— BOD Editions